AF176923

Jürgen Kieschoweit

# Das Deutsch-Denk-Prinzip

## ... oder denken wie die schweigende Mehrheit?!

www.tredition.de

© 2018 Jürgen Kieschoweit

Verlag und Druck: tredition GmbH, Hamburg

ISBN
Paperback:     978-3-7469-1599-9
Hardcover:     978-3-7469-1600-2

Die kleinen Alltagsbegegnungen, die Personen und Gesprächsszenen sowie der deutsche Michel als Erzähler, Denker und damit „Autor" sind frei erfunden.

Wenn sich der eine oder andere allerdings dabei ertappen sollte, vergleichbar zu denken und zu argumentieren, könnte dies der Beleg für die mögliche Existenz eines typischen Deutsch – Denk – Prinzips sein!

Viel Vergnügen!

Übrigens: alle verwendeten Zahlen, Daten und Fakten stammen aus frei zugänglichen Statistiken und Studien aus den Jahren 2015 bis 2017.

# INHALT

## Unsere Angst

„Sag mal Paul, hast Du eigentlich Angst?" frage ich meinen Balkonnachbar. Aber wer ist eigentlich Paul? Paul ist der Eigentümer und Bewohner der Wohnung neben meiner. Wir, also meine Familie – Lieschen und unser Sohn Fritz – und ich natürlich, der Michel, wir sind nur Mieter. Paul wohnt aber nicht nur neben uns, sondern er ist ein Oberschlauer. Bei Willi in der Eckkneipe wird er nur *Professorchen* genannt. Dabei ist er schlichter Grundschullehrer. Für Deutsch und Sport. Er weiß zwar nicht Alles, aber oft Alles besser. Zumindest hat er für Alles eine Erklärung. Sympathisch ist er mir trotzdem!

„Angst – wie meinst Du das?" Wieder Mal typisch – erst mal keine Antwort, sondern eine Gegenfrage, so von Balkon zu Balkon. Wer fragt, gewinnt. So geht das immer los.

„Na ja, halt so, was soll ich sagen – so generell halt, zum Beispiel Angst vor Atommüll, Gentechnik, Globalisierung, Krankheit, Flüchtlingen, Finanzkrisen, Altersarmut oder Terrorismus, Kriminalität oder Klimawandel. Angst um die innere Sicherheit, äußere Sicherheit, soziale und persönliche Sicherheit und so weiter. Ganz alltäglich halt!" schiebe ich nun etwas ungeduldig nach und mir fällt auch grad nicht mehr dazu ein. Angst – Sicherheit – Sicherheit – Angst hängt doch alles direkt zusammen oder etwa nicht?

„Warum fragst du denn ausgerechnet mich – hast du denn

Angst?" Herrje, jetzt reicht 's aber! Warum beantwortet er nicht einfach mal meine Frage. In der Zeitung, also der mit den großen Schlagzeilen, nach der man sich seine Meinung bilden soll. Da stand das. Wir Deutschen sind alle Angsthasen. Wir sind immer tief besorgt. Die Briten haben es wohl zuerst gemerkt oder waren es doch die Amerikaner? Ich hab's vergessen. Man wird ja nicht jünger – Alzheimer? Zu dumm! Auf jeden Fall heißt es in Englisch *German Angst*. So stand das da, in meiner Zeitung. Und ich bild mir jetzt meine Meinung! Obwohl - die Amis spinnen sowieso – sieht man ja ganz deutlich an ihrem merkwürdigen Präsidenten - und was die Briten so denken, kann uns sowieso egal sein. Die hauen in den Sack und verlassen Europa. Geht das überhaupt: Ausklinken aus Europa? Sind die dann mit ihrer Insel ein neuer Kontinent? Aber mal ehrlich - sollten wir das vielleicht auch tun – uns einfach ausklinken aus Europa? Aber zurück zur Angst.

„Also nun pass mal auf, lieber Paul, du Oberschlauer. Wenn wir noch lange gute Balkonnachbarn bleiben wollen, dann beantworte doch einfach mal meine Frage. Stell mein einfach gestricktes Hirn nicht immer vor neue Aufgaben mit deinen blöden Gegenfragen! Bei mir brauchst du nicht den Lehrer raushängen lassen!"

„Na, na, mein Lieber, nicht gleich nervös werden. So eine pauschale Frage. Einfache Antworten gibt es darauf nicht. Aber nur mal so: Angst kann man bei dem einen oder anderen Thema schon bekommen. Aber vielleicht ist es auch mehr eine generelle Besorgnis." Nun kommt er langsam in Fahrt ... das finde ich immer gut. Bin gespannt, was jetzt kommt.

„Angst zu haben, ist ja generell zunächst mal nicht schlecht. Angst mahnt zur Vorsicht. Und, mein Lieber, sie liegt uns in den Genen! Wer früher, also in der Steinzeit nicht mit einer gewissen Besorgnis und erhöhter Vorsicht durch die Gegend gelaufen ist, den hat der Säbelzahntiger erwischt. Sein Erbgut, also das des weniger Ängstlichen war folglich futsch, nicht wahr, lieber Michel. Ist also schon lange in unserer Erbmasse, dieses *Angsthaben*.“

Puh, wer hätte das gedacht, die Steinzeit und die Erbmasse. So iss er nun mal, unser Paulchen. Holt immer ganz weit aus. „Nun ja, Säbelzahntiger und Steinzeit hin oder her. In meiner Zeitung stand, dass wir alle in Deutschland besonders viel Angst haben, so unterschwellig, vor der Zukunft und so.“ Ich weiß natürlich, dass Paul eine andere Zeitung liest – so ne dicke, für die man viel Zeit braucht – aber trotzdem!

„Was du mal wieder so Alles liest. Klar wir haben halt Angst, dass uns jemand oder etwas von unserem hohen Lebensstandard runterholt, dass uns jemand die gutbehütete bürgerliche Ruhe und Routine durcheinander bringt. Ob das nun durch Krankheit, Flüchtlinge, Terroristen, Kriminelle, Pleitebetriebe, marode Banken oder einen Klimawandel verursacht wird, ist eigentlich wurscht. Wir müssen uns sehr wenig um das Jetzt und Heute kümmern. Alles in trockenen Tüchern. Zumindest bei den Meisten. Genau da, Michel, da liegt das eigentliche Problem. Wir schauen ständig nach vorne, in die nahe und ferne Zu-

kunft und die ist nun mal unsicher, besorgt, nachdenklich, ängstlich." ...
ja doch, wo er Recht hat er Recht, woher soll man schon wissen, was
morgen oder in zehn Jahren passiert. Wann man krank wird, das Er-
sparte nichts mehr wert ist oder einen Unfall baut. Die Bundesligaer-
gebnisse oder die Lottozahlen von nächster Woche kennt schließlich
auch keiner. Darüber mach ich mir aber keine Sorgen! Außer um die
Borussia vielleicht! Aber zumindest Säbelzahntiger kommen nicht
mehr so häufig um die Ecke, dass iss mal sicher ... „ ... Meist ist es die
Angst, etwas zu verlieren. So was wie die klare und reine Luft," ... tja,
wenn sie rein wäre ... denk ich so ... „ ... das Leben und die Gesundheit
oder einfach unseren Wohlstand oder was es auch immer sein mag." ...
ja genau, fehlende Ersatzteile für meine alte Modelleisenbahn zum
Beispiel ... „Wir sehen ständig Risiken und stehen sofort unter Strom.
Flugzeugabsturz, Rinderwahnsinn, die Börse, die Flüchtlinge – das
Ende des Abendlandes steht kurz bevor und wir mitten drin. Bei dem
einen oder anderen wird dabei das Betroffensein und sich Sorgen zur
ausgeprägten Freizeitbeschäftigung. Wo mag das bloß Alles hinführen.
Der Terror und die Kriege und die armen Menschen da. Und hoffentlich kommen die nicht alle als Flüchtlinge zu uns! Ja, ja! Tagtäglich
eine neue *Angstsau*, die durchs Dorf rennt." He, täglich eine neue
*Angstsau*! Muss ich mir unbedingt merken! Ich grinse breit und weiß
nicht, ob ich jetzt nicken sollte!?

„Stell dir vor, Michel - gut Dreiviertel von uns haben Angst,
bei einem Terroranschlag ums Leben zu kommen. Völlig verrückt! Bei
den Franzosen mit deutlich mehr Terroranschlägen in jüngster Zeit

denken das weniger als die Hälfte. Sind die mutiger als wir Deutschen, haben die wirklich weniger Angst – wer weiß?" ... niemals! – allerhöchstens die drei Musketiere ... schießt es mir spontan durch den Kopf!

„Und Michel, schau nur mal die Werbung der Versicherungen an. Motto: was könnte nicht alles passieren! Mag ja sein, dass einem der Himmel auf den Kopf fall kann. Lieber mal Alles versichern. Mehrere Milliarden fließen jährlich in die Kassen der Versicherungen. Über vierhundert Millionen Versicherungsverträge haben die Deutschen! Vieles davon völlig unsinnig und absurd! Vollkasko bitteschön! Wen interessiert da schon die Wahrscheinlichkeit des Eintritts eines Unglücks, eines Versicherungsfalles, wie das so schön heißt?! Risiken bewerten, das liegt uns eben nicht." ... mir ganz bestimmt nicht und wie soll man das auch machen? Dafür haben wir doch die Versicherungsberater unseres Vertrauens, die Experten – oder ... ?

„Auch wenn man das meistens leicht ausrechnen könnte." ... leicht ausrechnen? He, Paulchen – da reichen bestimmt die Grundrechenarten nicht aus und wer kann schon mehr? Ich jedenfalls nicht!

„Folglich hören wir auf die Werbung und bekommen Angst, sind tief besorgt und so weiter und suchen nach der *Hundertprozentabsicherung*!" ... ich sollte unsere Versicherungsverträge tatsächlich mal prüfen – fällt mir dabei ein!

„Ja, genau, Paul - Absicherung! Um diese Absicherung, um diese Sorgen muss sich doch jemand kümmern!" werfe ich ein. Alles kann man ja schließlich nicht selber machen und versichern.

Aber mal im Ernst - es stimmt! Man sorgt sich eigentlich immer um etwas. Manchmal zu viel - sicherlich. Mal ist es die Steuererklärung, mal sind es die Winterreifen, die Fehler bei der Kindererziehung, der Weltfrieden oder die Wehwehchen unserer nationalen Balltreter. Irgendwas ist doch immer. Man braucht dazu bloß den Fernseher anzumachen. Vogelgrippe, Datensicherheit, Globalisierung oder Supergau – egal, was auch immer. Vor allem Flüchtlinge. Die sind an allem Schuld, also im Moment jedenfalls! Also wer kümmert sich drum?

„Siehst du, lieber Michel, genau das meinen wir immer alle. Und wer sich kümmert, ist klar. Meist sind diese Kümmerer nicht wir selbst, sondern die anderen und am besten der Staat mit einem *Rundumwohlfühlpaket* und damit sind wir wohl bei der Politik, die es möglichst allen Recht und bequem machen sollte. Nicht wahr!?" „Ja, wer denn sonst, der Papst vielleicht?" bestätige ich ihn leicht genervt.

Meine Gedanken schweifen aber schon wieder ab. Ich denke an meine Schwiegereltern, die in den 50ern und 60ern des letzten Jahrhunderts Kinder waren. Völlig überraschend haben sie diese Kindheit zu Zeiten des Kalten Krieges ohne Handyortung und Helikoptereltern überlebt. Die hatten und haben offenbar kaum Angst, wenn man die reden hört. Sie jammern jedenfalls nicht! Die sind nur sehr, sehr selten so richtig besorgt. Komisch! Um Fritzchen, ihren Enkel, meinen Sohnemann da sorgen sie sich. Aber weniger um seine Gesundheit, wenn er zum Beispiel Fahrrad fährt oder Fußball spielt, sondern eher um seine schulischen Leistungen. Die Beiden erwarten nie, dass Ihnen jemand was abnimmt oder sie unterstützt. Schon gar nicht unsere Politiker! Die helfen sich selbst. Ihr Motto: Hilft dir selbst, dann hilft dir Gott. Na, auf Jesus würde ich mich heutzutage weniger verlassen, aber bisher scheint es gut geklappt zu haben!

„Na, aber hallo, der Papst wohl kaum!" weckt mich Paul völlig unsensibel aus meiner Gedankenwelt. „Wie entstehen denn Gesetze und Regeln, von denen wir gut geschätzt etwa eine halbe Million haben. Teilweise total veraltet und viel zu kompliziert, aber egal! Du bist doch Handwerker! Denk nur mal an diese völlig überkommene Handwerksordnung!" ... da hat er schon Recht! Viele selbständige Kollegen schimpfen: zu viel wird geregelt! Aber wenn einer dann mal was an den alten Schätzchen ändern will, geht gleich das Licht aus in Deutschland – ganz bestimmt!

„Du Michel, alles und nichts wird geregelt! Die ganze Bürokratie, die Verwaltungsapparate drum herum sollen uns die Alltagssorgen abnehmen. Staatliche Vorsorge in allen Lebenslagen! Die denken sich die Sachen aus, die uns sicherer machen sollen. Geschwindigkeitsbegrenzungen, Grenzwerte, Regeln für Verhaltenssicherheit, Rechtssicherheit und vieles andere mehr. Wir als die geborenen Nullrisikofans sind dankbare Empfänger dieser Regeln und glauben fest dran, dass diese Gesetze und Regeln es schon richten werden – oder?! Ist doch so! Nur, mein lieber Michel wenn wir dann mal direkt von so einer Regel getroffen werden, dann wird es unbequem. Sofort Geschrei: wir haben zu viel Bürokratie und alles ist auf einmal sehr, sehr ungerecht. Das ist ein weiteres unserer typisch deutschen Lieblingsthemen – die Gerechtigkeit. Vor allem die soziale! Und ungerecht ist halt erst Mal Alles, was von mir selber nachteilig empfunden wird. Denk mal drüber nach, so ist heute unser Staatsverständnis – oder? Michel, ist es nicht so: der sorgenfreie Bürger – viele Ansprüche, keine Verpflichtungen?"

Himmel nochmal, Staatsverständnis! Was für en großes Wort und wieso muss ich gerade jetzt an unseren alten Pfarrer bei der Predigt denken? Paul schaut mich mit seinem strengen Lehrerblick grad genauso an. Fehlt nur noch der erhobene Zeigefinger! Wieso lässt er mich schon wieder mit einer Frage kämpfen? Er ist doch der Schlaue! Was soll denn das! Jetzt reicht 's wirklich! Wo kommen wir denn da hin?

„Halt, mein Freund! Keine Frage mehr! Und im Übrigen - ich finde Regeln prima," schmoll ich vor mich hin. Iss doch so: die geben einem doch Orientierung. „Regeln schaffen Ordnung und wenn alles in Ordnung ist, also so richtig ordentlich und alle halten sich ausnahmsweise mal dran, dann sind wir doch auch ziemlich sicher. So wie im Straßenverkehr! Natürlich ist man auch gerne sicher, keinen Fehler zu machen. Wir brauchen keinen Schuldigen zu suchen, wenn keiner was falsch gemacht hat und so weiter. Wie bei den zehn Geboten. Also erzähl mir jetzt bloß nicht, wir brauchen keine Regeln! Das iss ja auch das Problem mit den Flüchtlingen und Asylanten. Die bringen einfach alles durcheinander. Kommen einfach zu uns und halten sich an

Nichts!" „Aha, na ja, möglicherweise. Aber weiß du, du ärgerst dich über diese Bürokratie auch wenn deine Steuererklärung zurückkommt und du nachbezahlen musst oder du mal wieder in der dreißiger Zone geblitzt worden bist oder so ein blödes Formular beim Arzt ausfüllen musst. Genau dann gehen dir diese Regeln und Formulare und so weiter doch ganz sicher über die Hutschnur, oder?" Aha, schon kommt die nächste Frage. Ich werd noch wahnsinnig mit dem Typ und außerdem: ich trag keinen Hut. Ich hab noch nicht mal einen! Nur die Fankappe von Borussia!

„Also, Paul, Hutschnur hin oder her. Du hast ja Recht. So generell. Das nervt manchmal schon ein bisschen – zugegeben. Aber trotzdem!" Bin ich jetzt ein bisschen Rumpelstilzchen und stampfe mit dem Bein trotzig auf? „Lebensmittelverordnungen, Hinweisschilder und Waffenscheine, das beruhigt doch irgendwie, meine ich, oder?" Paul grinst mich an. „Na ja, das meinen wir halt, gell." ... seine süddeutschen Wurzeln kann er halt manchmal nur schwer verbergen, denk ich grinsend, was ist das bloß für 'n Wort *gell* ...?

„So wie bei den Versicherungen auch. Ganz besonders meinen wir das bei all den Dingen, die uns per Nachrichten, durch unsere Medien jeden Tag als besonders wichtig, skandalös und brisant um die Ohren gehauen werden. Denk nur mal an deine Flüchtlingsthemen oder die innere Sicherheit überhaupt. Aktuelles Problem – aktuelle, aber vor allem schnelle Lösung. Her damit! Da muss doch was passieren und zwar immer ganz schnell! Aber das hat natürlich Alles so seine Haken!" Jetzt bin ich wieder neugierig!

„Schau, mein Lieber! Es ist nun Mal nicht so, dass die meisten Leute bei uns durch Mord und Todschlag, Terroristen oder Amokläufer ums Leben kommen. Stichwort: innere Sicherheit! Mal ganz nüchtern betrachtet: die Masse von uns stirbt durch die ganz normalen Volkskrankheiten oder halt an Altersschwäche im Bett. Sogar durch Verkehrsunfälle kommen weit mehr Menschen pro Jahr um als durch Gewaltverbrechen. Haben wir deshalb dauernd Angst, uns täglich hinter unser Steuer ins Auto zu setzen?" Angst im Auto? Ne, ne - das letzte Mal war das bei mir bei der Fahrprüfung. Was ist das überhaupt für ein Gedanke? Sind wir denn alle Vollpfosten?

Paul ist nicht mehr zu stoppen: „Wir hören beispielsweise: mehr Wohnungseinbrüche und schreien schon nach einer besseren polizeilichen Überwachung, weniger Ausländer und nach besseren Schlössern und speziellen Absicherungen für unsere Haustüren. Dabei geht die Kriminalitätsrate seit Jahren bei uns hier in good old Germany permanent zurück." Bitte, was redet der Paul jetzt da bloß? Gefühlt ist das völlig anders! Kann doch nicht sein ... oder vielleicht doch? „ ... und keiner fragt beispielsweise bei Wohnungseinbrüchen, wenn deren Anzahl tatsächlich mal im Vergleich zu den Vorjahren angestiegen ist, was im Hintergrund geschieht. Jährlich kommen bei uns in Deutschland beispielsweise über zweihunderttausend neue Haushalte dazu.

Mehr Masse, mehr Einbrüche! Mehr Gelegenheit macht mehr Diebe. So zu sagen! Und dann ist es auch noch modern geworden, dass jeder jedem über das Internet erzählt, dass man dann und dann grad nicht zu Hause ist. Bin immer von 08.00 bis 16.00 im Bürostress oder hurra, postet da einer: drei Wochen Urlaub und soeben auf Malle angekommen! Eine Fundgrube für Leute, die nichts Besseres zu tun haben, als während dieser Zeit bei uns die Wohnungen auszuräumen!"

Hm, posten und so kenn ich zwar nicht, aber Internet als Quelle für ungestörtes Einbrechen. Nicht völlig aus der Luft gegriffen! Der eine oder andere mag ja wirklich dumm wie Brot sein. Irgendwie nicht ganz unlogisch, unser Paulchen. Ich denke, nach soviel Zahlengedöns brauche ich erst mal ein Bierchen. Nüchtern kann man das ja nicht betrachten, wenn einen so ein Terrorist mal treffen sollte!

„Ist doch irgendwie nicht so übel, mal einfach die wirklichen Fakten sprechen zu lassen. Nicht alles, was uns Experten so erzählen, ist einfach nur deswegen richtig, weil wir das Geplapper nicht besser verstehen. Denk mal drüber nach, mein Lieber. Eine schnell in den Raum gestellte Behauptung hat schon so manchen komplizierten Beweis verdrängt!" Nachdenken? Das werde ich, das werde ich, lieber Paul. Wirklich, versprochen! Ich weiß nur noch nicht so genau wann. Und nur denken macht ja auch keinen Spaß!


„Mach ich, Paul, und mag ja auch Alles so sein. Aber mal kurz zurück zur Sicherheit, also jetzt Sicherheit im Straßenverkehr. Was meinst du, sollten wir nicht auch mitmachen bei der kleinen Bürgerinitiative für das neue Straßenschild, da wo letztens das Schulkind angefahren wurde?"

„Bum! Michel, genau das iss es! Es passiert was außer der Reihe, wir sind verunsichert, vielleicht sogar empört und peng: schon schreien wir nach der nächsten Regel." „Ja, wie jetzt? Ich denke, auch der Bürgermeister hat das bereits gefordert und steht an der Spitze der Bewegung." „Natürlich – was denn sonst! So handelt Politik doch heute. Wir schrecken auf oder zumindest ein kleiner, aber bestens organisierter und laut palavernder Teil von uns. Die Lage ist ungerecht, nicht eindeutig, unsicher! Eine Meinungslobby entsteht. Meistens kommen die dann mit irgendeinem selbsternannten Experten unterm Arm und am besten in Verbindung mit der Presse. Das öffentliche Klagelied wird anstimmt und das Sorgengeschrei quasi via Megaphon verstärkt. Dann geht 's erst richtig los. Die Politik, also in diesem Fall unser Bürgermeister, fühlt sich genötigt. Der öffentliche Druck und so! Es geht ja schließlich um Wählerstimmen! Und plopp, schon haben wir die nächste Verordnung, das nächste Gesetz oder eben das nächste Schild. Jetzt fühlen wir uns wieder ein Stückchen beruhigter oder sollte ich sagen: sicherer! Dank dem Bürgermeister und der Initiative! Nicht wahr, so läuft 's! Der große Problemdschungel rund um die öffentliche Sicherheit, der bleibt auf der Strecke! Beispielsweise das Fehl an Polizei, die mangelhafte Zusammenarbeit der verschieden Ermittlungsbehörden oder das vermehrte Aufkommen von Bürgerwehren! Das sollte uns eigentlich Sorgen machen. In Wahrheit, mein Lieber blickt doch keiner mehr richtig durch. Meine ich jedenfalls. Hier ein bisschen neues Gesetz - Beruhigungspillen für aufgeschreckte und besorgte Bürger – und da noch ein wenig neue Spielregeln mit reichlich Übergangsphase zum besseren Eingewöhnen. Zu schnelle Veränderungen machen uns nämlich auch unsicher! Ob das nun die Produktfälscher, die Datenklauer, die Falschfahrer, Steuerflüchtlinge, Rechts- und Linksradikale oder gar die Mafia und was sonst noch aufhält? Trotzdem alles super, wir fühlen uns erst Mal wieder sicherer und legen uns wieder hin. Ist doch irre wie das läuft!"

Paul scheint gerade etwas aus der Spur zu kommen. So kenne ich ihn gar nicht. Der kann ja auch mal richtig böse drein schauen. Noch böser als unser alter Pfarrer damals! „Nun komm mal wieder runter, mein Lieber." Ich grins ihn an ... und öffne zwei Fläschchen, von denen ich ihm eine rüberreiche. „Na, denn mal, Prost."

Er lacht wieder. Abseits der großen Probleme kommen wir ins Plaudern über unser Bier und unsere Biersorten, gebraut nach dem deutschen Reinheitsgebot. Auch ne Lebensmittelverordnung, so ne Absicherung quasi. Und die hält schon ein paar hundert Jahre! Schön, dass es so was noch gibt. Etwas Bewährtes so mit Tradition, für 's Gefühl und Herz und vor allem gegen die Angst! Das ist was wert heutzutage! Manches ändert sich so schnell, da kommt keiner mehr mit! Zum jeck werden! Nehmen wir nur mal diese Rechtschreibreform. Aber die boykottier ich und zwar konsequent!

Mal ganz ehrlich, das Meiste, was da so im Fernsehen und sonst wo kommt und diskutiert wird, ist mir sowieso zu hoch. Blicken die anderen da wirklich besser durch? Wenn ich Paul glaube, der sich gerade verabschiedet hat, dann wohl eher nicht.

Also ganz genau betrachtet: ich habe nicht dauernd Angst um oder vor etwas. Meine täglichen Sorgen halten sich in Grenzen! Überschaubar alles! Wie war noch gleich dieser alte Spruch: sorge dich nicht – lebe! Na, also!

Genug für heute! Hauptsache mir geht es gut – hier auf Balkonia! Aber noch mal kurz zurück zum Bierchen - warum trinke ich eigentlich das leckere belgische, spanische und italienische Bier im Urlaub so ganz ohne Angst und Sorge? Iss ja völlig ohne unser Reinheitsgebot? Na, Schluss jetzt! An die zehn Gebote kann man sich ja auch nicht täglich halten. Was soll's – bisher hab ich's jedenfalls überlebt!

**Unsere Arbeit**

„Hallo, Ulli!" Wir sehen uns meistens samstags am frühen Morgen - sie mit Hund und ich mit den Brötchen und der Zeitung unterm Arm. Ulli kenne ich aus der Grundschule, damals in unserem Heimatdorf. Sie ist jetzt beim Finanzamt. Klar, denn rechnen konnte sie damals schon gut. „Hallo, Michel, auch so früh unterwegs?" „Ja, ja – schön, dass ich zumindest am Wochenende mal Zeit für diesen Weg zum Bäcker habe, ansonsten ... du weißt schon, täglich früh raus und ab zum Job. Übrigens Arbeit! Da fällt mir ein, du bist doch Zahlenexpertin!" Sie bleibt kurz stehen und schaut mich interessiert an.

„Ja, ja guck nich so! Deutlich unter drei Millionen Arbeitslose – was meinst du dazu? Hier, steht heute auf dem Titelblatt. Deutschland geht es gut – die Sektkorken knallen! So wenig Arbeitslose wie schon seit Jahrzehnten nicht mehr! Haben wir wirklich Grund zum feiern? Wenn ich meine Betriebsratkumpel immer höre, dann ist das alles nur eine Halbwahrheit!" Ihr Hund wedelt mit dem Schwanz und hofft auf ein Leckerchen. Oder will er mitreden, so schlau wie er dreinschaut! Wieso glotzt er mich so erwartungsvoll an? Ich hab doch gar nichts gemacht! Meine Brötchen kriegst du jedenfalls nicht ... !

„Was heißt denn Halbwahrheit?" meint Ulli – die ist ja wie Paul und kommt direkt mit einer lästigen Gegenfrage! „Du weiß doch am besten wie das ist, ohne Arbeit rum zu laufen. Haste doch hinter dir – oder? Die zweikomma - x Millionen, die offiziell immer noch arbeitslos sind, finden das bestimmt nicht zum Feiern, also eher schlecht, wie du damals!" ... ich erinnere mich dunkel, lange her halt! Wie immer gehen wir ein Stück gemeinsam durch unseren kleinen Stadtpark, ich spitze die Ohren ... „Unsere lieben Politiker und die Arbeitsagentur müssen das gut finden. Heften sich das sogar als ihren Erfolg an die Brust: historischer Tiefststand, gute Wirtschaftslage und so weiter, auf zur Vollbeschäftigung! Schau auf deine Schlagzeile! Deutschland geht es gut - genau! Aber leider sieht ja wieder mal kaum einer so genau hin."

Hab ich mir doch gleich gedacht, die liebe Ulli – schlaues Mädchen ... wo ist denn nun der Haken, die Halbwahrheit so zu sagen? „ ... denn wir haben etwa eine Million nicht gezählte Arbeitslose beispielsweise die über achtundfünfzigjährigen Hartz IV – Empfänger oder die Leute in Eingliederungs- und Schulungsmaßnahmen und wir haben über vier Millionen sogenannte Leistungsempfänger." Aha – da liegt der Hase im Pfeffer! „Schließlich haben wir noch ein paar Millionen nicht offiziell registrierte ohne Job. Ob das in unserer sozialen Marktwirtschaft wirklich ein Grund zum Feiern ist? Das Problem der minderqualifizierten Langzeitarbeitslosen bleibt nach wie vor ungelöst. Und nicht zu vergessen: einige Millionen, die trotz Arbeit mit dem was sie bekommen, nicht mehr klar kommen. Mindestlohn hin oder her! Das böse Thema Armut lässt grüßen, besonders Kinder- und Altersarmut. Die Leute bekommen für ihre Rente nichts Vernünftiges zu Stande und private Vorsorge fällt wegen *Issnich* auch ins Wasser."

Ulli holt wohl zu einem samstäglichen gesellschaftlichen Rundumschlag aus. Ich lächle sie jetzt etwas verunsichert und verkniffen an. Die Sonne blendet. An dem, was sie so von sich gibt, ist wohl was dran. Das mit der Rente ist schon en Ding. Die ist sicher, aber nicht ihre Höhe! Was hab ich da letztens gehört: über vierzig Jahre gearbeitet und keine tausend Euro Rente! Wer soll damit klar kommen? Verstehen tut es eh kaum einer? In was für einem Land leben wir eigentlich? Ich hab ja – dem Himmel und den Stadtwerken sei Dank - noch ne Betriebsrente! Denke wir kommen hin, Lieschen und ich.

Den Hund kümmert das Rententhema eindeutig nicht, der macht gerade in aller Ruhe sein Geschäft und wir stehen blöd drum rum. Tja, Ulli und Zahlen, vor allem Statistiken! Das war und ist wohl ihr Ding. Und bei mir ... Sachaufgaben in Mathe und so 'n Kram waren noch nie meine Stärken! Ich hätte ja lernen können, aber mir war halt lieber langweilig!

„Was bedeutet das denn nun, du Schlauköpfchen. Für mich heißt das: auf Nichts kann man sich mehr verlassen. Und wenn ich das richtig verstehe, dann sind diese Hartz IV-ler doch nicht alle arbeitslos – richtig!"

„Stimmt genau, völlig korrekt – wissen übrigens auch die Meisten nicht. In der Statistik tauchen vor allem die Langzeitarbeitslosen auf. Aber Hartz IV ... wer in Deutschland lebt und einen schlecht bezahlten Job hat, gilt schnell als bedürftig. Schwupps, hat er Anspruch auf den Regelsatz Hartz IV und jede Menge anderer Zuwendungen beispielsweise für Möbel und so was. Die nennt man übrigens *Aufstocker*. Dazu gehören beispielsweise auch diejenigen, die noch keinen Ausbildungsplatz gefunden haben und noch andere mehr. So genau weiß ich das nun wieder auch nicht! Als Gewerkschafter muss du das doch kennen – oder?"

Na ja, was sag ich nun. Mir brummt jedenfalls schon der Schädel und das am Samstag früh. Hätt ich Ulli doch bloß nicht auf das Thema angesprochen. Das die so drauf abfährt – saudumm jetzt!

„Ja, ja – grundsätzlich schon. Aber, Ulli, mal ehrlich früher war das irgendwie einfacher. Wie soll man das noch alles auseinanderhalten und verstehen. Mit früher vergleichen geht vermutlich sowieso nicht mehr. Zahlen auf Verschiebebahnhöfen, scheint mir. Und ständig bastelt jemand dran rum. Aber wie sagt man im Rheinland: et iss wie et iss! Was will man da schon machen?"

„Nun ja," meint Ulli mit leichtem Kopfnicken und füttert ihren begeisterten Wuff mit einer Hand voll Hundekekse. „Wie man 's nimmt. Gezahlt wird in jedem Fall Jahr für Jahr ein satter mehrstelliger Milliardenbetrag! Behauptet wird sogar, mehr als vormals bei getrennten Kassen für Soziales und Arbeitslosigkeit. So sozial kalt ist es also bei uns vermutlich nicht. Was meinst du - schwer zu verstehen, oder?" ... was soll ich sagen, klingt interessant – aber gleich verstehen, muss nicht sein ... „Zudem glaube ich sowieso keiner Statistik, die ich nicht selbst gefälscht habe. Kennst ja meinen alten Spruch. Die offiziellen

Zahlen sind für die meisten verwirrend. Unscharf und zum Teil sind sie sogar nur geschätzt. Und ja, es stimmt wohl, was du sagst: der Vergleich mit Vorjahren hinkt! Alle paar Jahre kommt was Neues. Und wer weiß schon immer genau, wer nun wo mitgezählt wird oder eben nicht." ... genau das sind die hochgestochenen Feinheiten, die unsereiner gar nicht richtig mitbekommt, denk ich so – gut das es Leute mit Durchblick noch zu geben scheint!

„Kommt übrigens immer wieder gut: man nehme eine Statistik, eine Studie oder ein offizielles Gutachten oder eine Expertengruppe, lege dann die Zahlen so aus, wie es einem gerade in den politischen Kram passt, informiert die Presse und peng! Klappt meistens. Erstens ist es den meisten zu mühsam, sich genauer mit Zahlen auseinander zu setzen ..." ... meint sie jetzt mich, woher weiß sie das bloß? ... „... und zweitens ist eine stramme und schnell in den Raum gestellte Behauptung heutzutage viel wirksamer als ein langwieriger und komplizierter Beweis. Letzteres ist den meisten zu anstrengend und es dauert zu lange!"

„Ja, ja," denke ich quasi laut vor mich hin, den Spruch kenn ich schon von Paul ... „... und im Zweifel sind an weniger guten Zahlen ohnehin andere Schuld, also die Vorgänger im Amt oder Europa oder die Globalisierung, neuerdings sogar die Asylanten und, und, und ..."

Wir erreichen so langsam den Parkausgang, Ort unserer Trennung, also samstags, wenn wir uns hier mal zufällig treffen. Aber Ulli bleibt plötzlich stehen und grinst mich freundlich an – die Sonne blendet. Hast auch schon ein paar Fältchen, mein liebes Mädchen! Man wird halt nicht jünger!

„Wir brauchen aber nicht abgleiten in das große Reich der fragwürdigen Statistiken und Studien sowie deren zweifelhafter Auslegung. Bleiben wir doch mal kurz bei dem Kern deiner Schlagzeile: die Arbeit." ... was kommt denn jetzt bloß? Klinkt irgendwie grundsätzlich auf einmal! Mir wird das langsam zu kompliziert! „Also damit meine ich Arbeit an sich oder besser den guten alten Grundsatz: im Schweiße deines Angesichtes sollst du dein Brot verdienen Ist doch eigentlich Blödsinn, wenn nicht genug Arbeit da ist – oder, was meinst du? Immer mehr Arbeit wird von Technik erledigt. Maschinen und Roboter, demnächst künstliche Intelligenz!" Wie meint sie das jetzt? Egal – jetzt wird es wohl tatsächlich grundsätzlich ... „Und dann die vielen Niedriglohn- und Minijobs! Stell dir vor: angeblich so um die sieben Millionen! Iss doch verrückt, oder?" ... so viele und mein Lieschen gehört auch dazu ... ja, ja ... „Weiß du Michel, ein Kellner oder eine Reinigungskraft haben unterm Strich manchmal weniger in der Lohntüte als manch *Hartz IV - gesponserte* Familie. Diese ganze Mindestlohnkiste macht das auch nicht besser!" ... ich meine – eh – sie redet und redet, schneller als ich denke ... wann holt sie Luft? Ich komm sonst nicht mehr nach!

„Also warum zahlen wir nicht gleich Allen eine arbeitsunabhängige staatliche Grundsicherung oder ein sogenanntes bedingungsloses Grundeinkommen oder wie das auch immer getauft wird?" ... jetzt kommt wohl der samstägliche Knüller, *Grundeinkommen* – hat dazu nicht gerade irgendwo so eine Volksabstimmung stattgefunden? „Arbeit ist doch ursprünglich nur eine Tätigkeit zur Deckung eines Grundbedürfnisses. Der alte Neandertaler ist nur Jagen, Fischen und Holz sammeln gegangen, wenn er Hunger oder kalt hatte. Wenn schlechtes Wetter war, blieb er einfach zu Hause und hat seine Vorräte verbraten und den Tag wegen Schlechtwetter zum Feiertag erklärt." Schlechtwetter in Verbindung mit Arbeit kenn ich noch vom Bau. Was aber hat dieser bequeme Steinzeitmensch bloß mit seiner Zeit angefangen? Denk ich so! Die hatten allerdings noch keine Banken, keine Kredite oder Sparbücher und keine großen Ansprüche – sind wir zu gierig geworden? Immer mehr! Alle Mann ab ins Hamsterrad! Genau, gute Frage: wer hat uns das bloß eingeredet? Andererseits: ich mag meinen Job! Da weiß man was man tut den lieben langen Tag! Man wird gebraucht! Da fühlt man sich irgendwie wohl!

„Die wenigen Naturvölker in der Südsee und wo auch immer sollen die glücklichsten Menschen auf diesem Planeten sein und haben noch nicht mal ein Wort für Arbeit!" fährt Ulli fort und ich schau auf die Uhr – ein paar Minuten hab ich noch. Ich muss sie mal stoppen: „Na, das mit den Naturvölkern ist ja ganz nett und da gäbe es ja noch ein paar andere Modelle in Sachen Arbeit. So mit Sklaven vielleicht oder diesen Frondiensten oder auch der Kommunismus. Wer möchte das wohl, meine liebe Ulli? Obwohl - der eine oder andere fühlt sich sicherlich auch heute als Sklave. Wenn man mal so richtig überlegt: wer hat uns bloß diesen Zusammenhang zwischen erfülltem Leben und

Arbeit eingebrockt?"

„Hatten wir doch eben schon! Denk mal nach: im Schweiße deines Angesichts - bete und arbeite ..." Pause! Rate mal - ohne Telefonjoker jetzt ... „Kommt mir bekannt vor, Ulli - genau – die Jungs in der Kutte, die Kirche!" „Ja, korrekt, aber nicht die Mönche, von denen dieser Spruch eigentlich stammt. In diesem Fall waren es Luther und seine Fans! Sie haben jeden Zustand des Faulenzens und Feierns zum Vergehen gegenüber Gott deklariert. Und schon war er weg, der Müßiggang, quasi die Dauerparty des Mittelalters mit über hundert Feiertagen. War dir das bewusst?"

„Nö, eigentlich nicht! Aber doch, ja da kommt der Spruch her: wer schon nicht arbeitet, soll wenigsten gut feiern oder wie war das?" ich grinse leicht und denk an Ullis Punkt mit der Technik. Also die, die uns die Arbeit wegnimmt! Oder anders - positiv: die uns die Verpflichtung, zu arbeiten abnimmt und uns en Leben in der Hängematte ermöglichen soll!

„Also dein Punkt von vorhin ist gut, Ulli. Es ist auf Dauer ein blödes Prinzip – Lebenssinn gleich Arbeit. Und noch einen drauf: Arbeit gleich Einkommen, mehr Arbeit - mehr Einkommen und so weiter. Nur der Fleißige wird was, im Zweifel Millionär!" ... mir ist das übrigens bisher noch nicht gelungen – arbeite ich zu wenig, bin ich etwa zu faul?? Wie sagt der eine: wenn das mit der ersten Million nicht klappt, soll man schon mal mit der zweiten beginnen. Ich fabuliere weiter:

„Amerikanischer Traum und so! Unterm Strich: immer weiter, höher, schneller – Wachstum, Wachstum, Wachstum! Dagegen soll uns, wie du eben festgestellt hast, die Technik möglichst viel Arbeit abnehmen. Kollege Computer, Roboter und diese Intelligenz, die künstliche. Wir bewegen uns wohl konsequent hin zu einer Wirtschaft, die fast ohne Menschen auskommt. Heißt das jetzt: ab in die Hängematte! Und andererseits immer dieser dämliche Spruch: sozial ist, was Arbeit schafft! Erzählt uns die Politik doch immer. Das beißt sich doch Alles! Saublöd - oder?“

„Ja, ja, mein lieber Michel,“ wir lehnen uns an die Parkbank und genießen den frühen Sonnenschein. Die Maschinen machen ja die Arbeit! „ ... man kann schon manchmal den Verdacht haben, dass der Rummel um die Arbeit nur Mittel zum Zweck ist – Beschäftigungstherapie für Millionen! Vor einiger Zeit haben schlaue Köpfe auch schon festgestellt, dass irgendwann nur noch so rund ein Viertel der Menschen arbeiten muss. Der Rest kann getrost zu Hause beleiben! Du kennst doch sicher die kleine Anekdote mit dem Fischer, der in der Sonne am Meer liegt und es kommen deutsche Touris vorbei“, ... kennt ich natürlich nicht ... ich schüttle mal vorsorglich mit dem Kopf! „ Also, einer von den Urlaubern spricht den Fischer an und fragt, warum er denn mitten am Tag faulenzend in der Sonne liegt. Warum er nicht wieder raus fährt und weiterfischt? Er antwortet nur: warum? Damit du mehr fängst und mehr Einkommen hast und dir noch ein zweites und drittes Boot kaufen kannst? Wieder fragt der Fischer nur: warum? Damit du Leute anstellen kannst, die noch mehr fischen und dann bist du reich! Und warum? Fragt der Fischer wieder. Nun damit du dir etwas leisten und das Leben in der schönen Sonne am Strand genießen kannst. Nun sagt der Fischer: seht ihr, das mache ich doch jetzt schon!" „Ziemlich dumm für die Touris! Der arbeitet, um zu leben! Bei uns ist es wohl anders rum!" kommentier ich mal so belanglos mit einem leichten Lachen. Einfach so in der Sonne rumliegen – am helllichten Tag! Gleich kommt noch eine asiatische Atemübung als Arbeitsausgleich hinzu oder sonst was! „Aber was würden wir denn wirklich den ganzen lieben langen Tag tun," meint Ulli allerdings nun weiter, „ ... wenn die Maschinen, die künstliche Intelligenz und so weiter irgendwann mal Alles erledigen. Uns die Pflicht für unseren Lebensunterhalt zu arbeiten abnehmen und wir so ein bedingungsloses Grundeinkommen zur Verfügung hätten?"

Ja, was wohl ... ? Arbeitsloser oder Dauerrentner ein Leben lang? Auto putzen, Buchsbaum schneiden, ständig Urlaub machen, spazieren gehen, anfangen, mit Tieren zu reden – zum Beispiel mit Ullis Wuff - oder doch chinesische Konzentrationsübungen ... ja was nun? Gibt es überhaupt einen Lebenssinn ohne zu arbeiten? Sicherlich – mir fällt noch was ein!

Gedankenblitz: „Na, genau wie bei deinem Fischer halt, die Zeit in der Sonne genießen, Dauerurlaub, die hundert Feiertage aus dem Mittelalter wieder einführen oder wie bei den alten Römern, nur moderner: Brot und Spiele. Also heute Dauerkirmes, Hamburger und Chips, Bier und Cola, hektische Fernsehshows mit Wetten und Quiz oder Computergedaddel bis zum Umfallen. Man kann natürlich auch den ganzen Tag Wölkchen zählen. Irgendeiner hat mal über den Freizeitpark Deutschland gesprochen, so in etwa." Völlig undenkbar, das Ganze - blöde Gedankenspiele ... ich geht gerne arbeiten! Außerdem: was ich so werkele den ganzen Tag lang, das brauchen die Leute doch!

„Ulli, mal ganz ehrlich: als ich arbeitslos war, hab ich mich irgendwie nutzlos, überflüssig, ja sogar zeitweise schuldig gefühlt. Getreu dem Motto: niemand ist unnütz, er kann immer noch als schlechtes Beispiel dienen. Man wird nicht mehr gebraucht, steht außerhalb der üblichen Ordnung, wird schief angesehen. Menschen zweiter Klasse, diese Arbeitslosen! Selber schuld – heißt es zu allem Überfluss!" ... sie sieht mich etwas entgeistert an ... „Alles Blödsinn, weißt du! Denn wie bei mir können viele gar nichts dafür. Schließlich hat ja mein Arbeitgeber das Handtuch geworfen, nicht ich. Der hat geschmissen wegen der ausländischen Billigkonkurrenz. Ist doch alles Mist mit dieser Arbeitsplatzfreiheit in Europa – oder wie das heißt. Billiglöhner, wo du hinschaust! Sicher, wenn man diese Konkurrenz nicht mehr fürchten müsste und dieses *Nicht-Mehr-Gebraucht-Gefühl* weg wäre, weil die Mehrheit sowieso nicht mehr regulär arbeitet. Und wenn dieses komische Grundeinkommen von der Höhe passt – na dann, Alles gut! Aber eigentlich völlig irre! Wer packt so was an?"

Ich lächle vor mich hin – trotzdem: irgendwie großartig dieser Gedanke, faszinierend sogar, so ne Grundsicherung. Bedeutet das übrigens auch keine wahnsinnigen Managementgehälter mehr und was ist mit den kickenden Millionären? Steuerhinterziehung würde auch entfallen! Schießt es mir durch den Kopf. Na ja, die Fußballmillionäre sind ja sowieso fast nur noch Ausländer, sozusagen Sportasylanten! Ob die überhaupt alle eine Aufenthaltsgenehmigung haben? Spielt bei den Bayern eigentlich noch ein Bayer? So geht das nicht – da muss man doch die Grenzen dicht machen!

„So 'n bisschen Schlaraffenland, Michel, so à la Erich Kästner, der 35. Mai lässt grüßen." ... eh, Kästner, der *mit* dem *Fliegenden Klassenzimmer* und wer grüßt? Kenn ich nicht, liebste Ulli. ... Einen 35. Mai gibt es ebenso wenig wie ein Schlaraffenland, eben ... „Wir könnten unseren Hobbys nachgehen. Vollbeschäftigung ist so garantiert, sag ich dir! Stell dir mal vor, die Hobbygärtner versorgen jeweils ihre unmittelbare Umgebung mit frischem Obst und Gemüse, bekommen dafür von den Hobbybastlern Möbel, Gardinen, Spielzeug, von anderen wiederum Computerkurse und vieles mehr. Aber die ganze schöne Ordnung der heutigen Arbeitswelt geht dann den Bach runter. Tschüss Kapitalismus! Aber nicht nur der iss weg. Auch du mit deinem Betriebsrat, die Mitbestimmung und die Gewerkschaften verschwinden gleich mit. Was hättet ihr denn dann noch zu tun? Ein neues Weltbild und ein völlig anderes Steuersystem müssten ohnehin her. Wahrscheinlich bräuchte man uns im Finanzamt auch nicht mehr. Was bedeutet dann Wohlstand, Armut oder Reichtum? Spannend, oder? Denk mal drüber nach, wie viele Millionen Pöstchen weltweit an der Organisation von dieser einkommensschaffenden Arbeit und an der dazugehörigen Geldverteilung hängen. Allein das Wort *Arbeitgeber* – hört sich doch wahnsinnig gut an. Er gibt, was die große Masse anscheinend braucht. Man muss sich super fühlen dabei – oder?"

So, liebe Ulli jetzt spinn ich doch noch mal mit: „Aber die, die Arbeitgeber meine ich, könnten sich auch weiterhin wohl fühlen. Die können nämlich den Freizeitpark oder das Schlaraffenland organisieren, wenn sie unbedingt mehr machen wollen, als alle anderen?" ... schließlich: Alles muss seine Ordnung haben auch ein Schlaraffenland – denk ich so! Ein paar Clevere müssten allerdings noch alles weiterentwickeln, zum Beispiel die werktätigen Roboter und überwachen muss das Ganze ja auch jemand, wegen der Ordnung und Sicherheit und falls mal was kaputt geht - nun gut. „Du, Ulli, vermutlich brauchen wir in dieser schönen neuen Welt noch ein paar Leute, die ein wenig Dienst für die Allgemeinheit leisten, also zum Beispiel putzen, heilen und pflegen und natürlich diejenigen, die die so wichtigen Chips und Hamburger produzieren und im Freizeitpark verteilen."

„Tja, genau das gehört zur Freizeit- und Wohlfahrtorganisation dazu in Anlehnung an die heutigen ehrenamtlichen Tätigkeiten - freiwillig." Antwortet sie lachend und augenzwinkernd. Ob da wohl genug zusammen kämen – hm? „Da fallen mir übrigens noch die Geburtshelfer und Bestattungsinstitute ein! Aber dazwischen, also zwischen Geburt und Beerdigung muss der mit Grundeinkommen Versorgte ordentlich beschäftigt werden, sonst wird er uns am Ende noch vor lauter Langeweile kriminell. Denn einfach so in seiner Höhle rum liegen und auf morgen warten, das iss nicht mehr. Heute haben Menschen ständig wachsende Ansprüche! Denk nur an unsere Kinder! Ob das reichen würde mit den Hobbys und so? Jeder würde sich seinen Neigungen und seinem Spaßfaktor entsprechend beschäftigen. Man tut nur noch das, was einem Freude macht und was wert ist. Iss irgendwie auch so was wie *maximale Selbstbestimmung*! Und die Messlatte – ganz klar: persönliche Zufriedenheit!"

Spontaner Gedanke: „Ulli, weißt du! Da entsteht eine völlig neue Art von *Aufstocker*. Diese Freiwilligen stocken auf und zwar auf 's Grundeinkommen. Und schließlich sind da noch die Cracks, die Fachleute, die gar nicht anders können als für die Technik da zu sein. Die Freaks halt, die Spaß haben an all diesem hochkomplizierten technischen Kram! Das ist dann wohl dieses Viertel von uns Menschen, die mit dem was sie tun, dafür sorgen, dass alle anderen gut leben können: gesund mit genug zu essen und zu trinken. Iss ja heute leider in vielen Ecken der Welt nicht so! Du - so richtig vorstellen kann ich mir das Alles trotzdem immer noch nicht."

„Das zu Ende zu denken, wäre für einen Samstag in der Frühe auch etwas zu viel verlangt."  Genau - man darf auch nicht weiter drüber nachdenken! Man wird ganz jeck dabei! Ich schüttle den Kopf ...

„Du, Ulli, ich stell mir das gerade vor: alle gleich, aber auf höchstem Niveau – na, denn mal Prost! Wo bleibt denn da das Leistungsprinzip? Das kommt doch dann direkt!? Jeder bekommt das Gleiche, unabhängig von seiner Lebenssituation und seinem Engagement – das halten wir doch überhaupt nicht aus? Die Mutter und Hausfrau bekommt auf einmal das Gleiche wie der Fabrikarbeiter – wo kommen wir denn da hin!? Überall schreien wir nach Gleichmacherei. An der Stelle, wo jeder immer noch ein Schüppchen mehr haben muss als der Nachbar, glaube ich, funktioniert das nie!"

„Es gibt schlaue Köpfe, die sich damit schon auseinandergesetzt haben, beispielsweise in der Schweiz. Und etwas Ähnliches hat es auch schon mal gegeben. So um 1800 in England: ein universelles Mindesteinkommen ausgerichtet am Brotpreis! Mein lieber Michel, ..." jetzt lächelt Ulli mich verständnisvoll an, wahrscheinlich weil ich grad völlig dumm aus der Wäsche schaue – die Engländer, die *europaflüchtigen* Briten, schon wieder und die merkwürdigen Schweizer waren das mit der Volksabstimmung – wer sonst? Jetzt weiß ich es wieder. Knurrt mir etwa der Magen? Buah – Ulli!

„ ... rein rechnerisch würde es möglicherweise sogar  funktionieren. Wir verteilen die knapp neunhundert Milliarden Sozialausgaben pro Jahr etwas anders. Streichen noch die Ausgaben für alle Arbeitsvermittlungsorganisationen und so weiter. Anders Steuersystem und peng: jeder von unseren etwa zweiundachtzig Millionen in Deutschland, ob Kind oder Rentner, könnte so irgendetwas um die tausend Euro monatlich bekommen. Da staunst du, was! "

Ich bin jetzt wirklich von den Socken – das sind ja Zahlen. Wie viele Nullen hat so ne Milliarde?[1] Frag ich mich übrigens jedes Mal! „Wie lange wird unser aktuelles Modell wohl noch funktionieren? Bei manchen Jobs tut es das ja heute schon nicht mehr!"

Ich nicke nachdenklich. „Das wäre eine völlig neue Welt." Iss schon ein Cleverle – diese Ulli! „Jetzt aber Schluss mit deiner Weltverbesserung! Zurück zum Alltag in der Arbeitswelt: Lieschen regt sich schließlich schon über ihren 450 Euro - Job auf. Ausbeutung ist das." Ulli lächelt völlig entspannt und nimmt ganz nebenbei ihren Wuff etwas enger an die Leine – die ersten Parkjogger! Der ist schon so nervös wie ich. Nur aus anderen Gründen. Wie spät ist es eigentlich genau - Herrschaftszeiten!

„Aber das ist doch auch so gewollt, Michel. Der 450 Euro - Job ist nun mal von Vorteil nur dann, wenn du ihn quasi als Nebenjob betrachtest. So und nicht anders sollte Lieschen das sehen. So ein Job ist nun mal kein Ersatz für eine Vollzeitstelle."

„Ok, Vollzeit lohnt sich bei ihr schon steuerlich nicht. Aber wem sag ich das, Ulli? Richtige Ausbeutung ist aber das Ding mit den Werkverträgen, mit der Zeitarbeit oder der Arbeitnehmerüberlassung und wie das Alles heute so heißt. Das sind schon lange keine Instrument mehr zur Abfederung von Beschäftigungsspitzen," ... jetzt kommt bei mir der Gewerkschafter ein wenig durch, „ ... sondern Dauerzu-

---

[1] Kleine Orientierung zwischendurch: eine Milliarde entspricht tausend Millionen und hat neun Nullen!

stand. Eine Zweiklassengesellschaft bei gleichen Tätigkeiten. Ebenso trifft es die vielen Abrufarbeitskräfte. Mehr Schein als Sein – sag ich dir! Fester Vertrag, aber nur ein paar Stunden fix, alles andere läuft über abrufbare Mehrarbeit. Es ist doch eine Sauerei! All diese Leute bekommen so wenig raus, dass sie kaum normal damit leben können. Von Altersvorsorge möchte ich gar nicht reden!"

Ulli hebt quasi beruhigend die Hand: „Dauerüberlassung darf es zukünftig keine mehr geben - gesetzlich. Und überhaupt, ich dachte immer, die meisten Zeitarbeiter sehen ihren Job nur als Mittel zum Zweck, als Chance, so wieder eine feste Daueranstellung zu bekommen."

„Das ist die Theorie, liebe Ulli, die reine Theorie! Aus Sicht des Unternehmens liegen die Vorteile auf der Hand: teilweise gut ausgebildetes Personal zu niedrigen Kosten flexibel ohne krankheitsbedingte Ausfälle mit Lohnfortzahlungen und natürlich ohne die Befürchtung, man wird sie in schlechten Zeiten nicht rechtzeitig wieder los", ergänze ich etwas mürrisch und schaue nochmals auf die Uhr – Mensch ich muss los – Frühstück!

Aber Ulli scheint das Arbeitsalltagsthema Spaß zum machen. „Ja, ja aber es gibt doch für ein Unternehmen nicht nur Vorteile. Irgendwann kippt das Modell. Kann man ja ausrechnen. Kostenvorteile ade!" Ja, ja schon wieder rechnen! Das können aber wohl nicht alle so gut wie du, liebe Ulli - denke ich. Außerdem hab ich langsam nicht nur Kaffeedurst, sondern mehr als nur ein Hüngerchen! Das dauert mir jetzt wirklich zu lange, das kleine Schwätzchen.

„Mensch Ulli, jetzt halt doch mal die Luft an. Rein theoretisch ist wohl Alles richtig. Und klar, es gibt auch die, für die ist es normal, eine Zeit lang Erfahrungen und Fachwissen in unterschiedlichen Betrieben zu sammeln. Aber ein ganzes Arbeitsleben lang auf dieser Basis? Als alter Gewerkschafter und Praktiker sage ich dir: ist en Witz! Ich bleibt dabei: das ist Ausbeutung! Und außerdem will ich jetzt los – Frühstück und Lieschen warten." Sie grinst schon wieder. Was hab ich denn gesagt? „Ich finde deine Reihenfolge interessant – Frühstück und Lieschen?"

Was soll das jetzt wieder heißen – aber eine kleinen Rundumschlag kann ich ihr auch noch mitgeben – so zum Nachdenken am Wochenende: „Und Ulli so zum Schluss - klar ist doch auch: für 's Spargelstechen und so was kommen doch nur noch Aushilfen aus dem Ausland in Frage. Da ist man übrigens froh, dass sie kommen, die Saisonarbeiter, nich wahr! Von wegen Arbeit, sinnvoll und motivierend! Und frag doch mal einen Bandarbeiter in der Fabrik nach dreißig Jahren, wie er seine Arbeit so sieht. Ich kenn einige, da ist Arbeit nur noch Gewohnheit. Ob nun im Büro oder in der Fabrik – jeden Tag das Selbe! Das sind zumeist *Jobzombies*, die haben innerlich schon lange gekündigt! Das ist doch für sehr viele die Realität."

Ulli setzt noch einen drauf: „Nun stell dir vor die Lebensarbeitszeit wird bei solchen Tätigkeiten auf siebzig Jahre oder so hoch geschraubt. In unserem System brauchen wir wohl so einen Schritt irgendwann. Aber in vielen Berufen kann man das doch vergessen, schon aus körperlichen Gründen. Es arbeiten heute weniger als die Hälfte bis zum fünfundsechzigsten Lebensjahr. Bei einer Rente mit siebenundsechzig wird das Zahlenverhältnis sicherlich noch schlechter ausfallen. Aber wer weiß, bei dem wachsenden Fachkräftemangel, ob das langfristig so bleibt."

„Du immer mit deinen Zahlen! Na ja, das Thema Arbeitslosigkeit wird sich bei dieser Sichtweise auf die Lebensarbeitszeit in naher Zukunft ganz anders vollständig von selbst erledigen. Von wegen Schlaraffenland!" Ich grinse sie mal wieder an.

„Genau, wir haben außer den Alten bald kaum noch fachlich qualifizierte Kräfte. Stimmt! Liest und hört man jedenfalls immer. Die Unternehmen müssen sich gewaltig umstellen. Bisher ist doch alle Welt hinter den jungen dynamischen Kräfte hergelaufen und weniger hinter der Erfahrung der Älteren. Die im übrigen ja auch teurer sind als so ein junger Spund. Auf einmal muss der Betrieb mit älteren Angestellten und Arbeitern klarkommen. Altersgerechte Produktionsbedingungen, mehr Gesundheitsvorsorge sag ich nur. Also wenn es so kommt: weniger Jobs und doch Vollbeschäftigung, weil keine Fachkräfte mehr – ganz einfach. Die Politik des langen Atems könnte man meinen. Man muss nur lange genug warten. Es sei denn, wir kommen mit der Zuwanderungsfrage klar – aber das ist ein anderes Thema. " ... verschmitztes Lächeln ... und mir sträuben sich die Nackenhaare. „Ne, ne kein anderes Thema mehr jetzt, liebe Ulli. Frühstückszeit!" Und ich dreh mich schon mal zum Gehen in meine Richtung. Kein Zurück mehr!

„Zeit – gutes Stichwort. Viele haben halt zu wenig oder gar keine Zeit für solche Dinge, wie wir sie jetzt getan haben – rumstehen und einfach ein bisschen quatschen. So palavernd die Welt retten, quasi. Mach 's gut mein Lieber und schönes Wochenende." Sprach 's und dreht in ihre Richtung ab – Wuff inklusive. Der schaut übrigens immer noch so, als hätt er Alles verstanden!

„Danke gleichfalls, Ulli" Weltverbesserungsgespräche – aber passieren tut ja sowieso nichts! Erst wenn mal wieder ein berühmtes Kind in den Brunnen gefallen ist. Ja dann, dann haben es ohnehin schon alle vorher gewusst – Politiker und vor allem die *Pressefuzzis*. Die sowieso!

Aber warum sollte sich was tun. Ist vielleicht auch besser so. Ich liebe meine Arbeit. Die macht sogar Sinn! Was kommt da bloß in ein paar Jahren im Ruhestand? Grundeinkommen – was für ein Blödsinn! Wir brauchen Lösungen für die, für die es heute nicht reicht und für die fehlenden Fachkräfte!

Bloß kein Systemwechsel! Wo kommen wir denn da sonst noch hin? Und wenn man sich mal genauer umschaut: wer hat denn kein ruhiges Plätzchen zum Wohnen gefunden, wer fährt nicht mindestens zwei Mal pro Jahr in Urlaub und entspannt sich und wer hat nebenher nicht mindestens ein bis zwei Hobbys inklusive Selbstverwirklichung oder so? Ich kenne da kaum jemanden in unserem Städtchen.

Blöder Gedanke: Angst um diese Besitzstände? Ich lächle vor mich hin und denke an Pauls schlaue Worte. Hängt doch Alles zusammen - irgendwie!

Was soll man sich überhaupt en Kopf machen. Haben wir nicht heute schon ein Drittel der Tage pro Jahr Freizeit? Hundertvierzig Tage für 's Ausruhen, Entspannen, Nachdenken, für Familie und Freunde – mehr als Feiertage im Mittelalter. Und die Wochenarbeitszeiten haben sich in den letzten fünfzig Jahren fast halbiert.

Ich arbeite gern, aber Selbstverwirklichung? Schwere Kost! Manche schaffen es beim Selbstverwirklichen sogar Stress im Hobby und im Urlaub zu produzieren. Nun denn, weiter so, Ruhe bewahren - Deutschland geht es gut – wer sagt das noch immer ...? Frag gleich mal Lieschen! Brötchen, Kaffee wäre wirklich nicht schlecht - jetzt!

## Unser Klima

Da kommst du nichtsahnend zu Willi in die Kneipe, freust dich auf en Feierabendbierchen in aller Ruhe. Ein bisschen Fachsimpeln über das runde Leder – schließlich sind wir ja alle irgendwie Bundestrainer - und schwups bist du mitten in einer wilden Diskussion um unser Klima.

Für mich ist das ja gewissermaßen ein Buch mit sieben Siegeln, so ein Klimawandel. Klima im Auto oder so 'ne Klimaanlage im Haus – da kenn ich mich ein wenig mit aus. Rein beruflich, sozusagen! Aber Klimawandel, so weltweit? Hatten wir ja auch noch nicht. Jedenfalls nicht, dass ich mich dran erinnern könnt. Iss übrigens auch so ein typisches Angstthema. Natürlich nur wenn gerade nichts Anderes Schlagzeilen macht oder gerade mal wieder so eine teure Megatagung irgendwo auf der Welt stattfindet. Wie sagt Paul immer: Ein Schelm, der Böses dabei denkt! Genau! So ein Klimawandel ist halt ein wenig undurchsichtig – meine ich jedenfalls.

So komme ich also dazu, gerade wie Paul, Robert und Daniela – die beiden sind wohl irgendwie zusammen – und mittendrin der Willi hinter der Theke heiß am diskutieren sind: über den kalten letzten Sommer und den verregneten Skiurlaub jüngst im Dezember und so. Alles der Klimawandel schuld. Wer denn sonst? Meint zumindest unser junges Pärchen.

Also ich rede gerne, oft und ausführlich über unser Wetter. Fast so gerne wie über den neuen Superstar für Deutschland oder über die Borussen und die Bayern oder unsere Bundesjungs. Aber Klimawandel?! Das ist mehr als nur Wetter. Zumindest das hab ich mitbekommen – aber viel mehr auch nicht!

„ ... und ist euch übrigens klar, dass es Klimawandel auf dieser Erde schon gegeben hat, als wir Kohlendioxid produzierenden Unholde, also wir Menschen noch gar nicht präsent waren?" Hoppla – das sind die ersten Worte von Paul, die ich aufschnappe. Klingt nicht uninteressant!

„Hallo Michel, ein Bierchen, wie immer," Willi ist mit dem Zapfen schneller als mit seinen Worten und ehe ich genickt habe, steht ein kühles Blondes vor meiner Nase. Lecker! Das nenn ich mal Service! Von wegen Dienstleistungswüste Deutschland!

Paul, der mir kurz lächelnd zunickt, ist schon wieder in seinem Element. „Drücken wir es mal so aus, ihr beiden Hübschen: die nächste Eiszeit kommt – so oder so. Und vorher wird es wärmer, also bevor es wieder mal so richtig kalt wird. Das ist so, seit es diesen schönen Planeten gibt, also etwa seit vier Milliarden Jahren. Dass es so wieder kommt, ist schon Mal ziemlich sicher oder vorsichtiger ausgedrückt: äußerst wahrscheinlich! Das ist so ähnlich wie mit dem nächsten großen Meteoriteneinschlag ... unvermeidbar, irgendwann ... redet nur keiner so oft drüber, jedenfalls nicht so oft wie über 's Klima."

Der Paul und seine Wahrscheinlichkeiten. Ich will mich da jetzt gar nicht einmischen. Aber spannend hört es sich an. Willi verdreht die Augen und fährt dazwischen: „Du meinst also, mein liebes Professorchen" ... hatte ich das schon erwähnt, dass Paul hier so genannt wird ... „Klimawandel kommt, ob mit oder ohne unser Kohlendioxid, wo immer es auch herkommt: aus den Därmen der Kühe oder den Schornsteinen. Klimawandel so oder so - egal! Wir sind also allerhöchstens Schuld, mal ganz praktisch gesehen, ob es noch fünf- oder zehntausend Jahre dauert bis Grönlands Gletscher und die Malediven völlig weg sind? Meinst du das so?"

Daniela und Robert schütteln wohl mehr oder weniger unbewusst die Köpfe, aber Paul nickt heftigst und prostet mir dabei kurz zu. Sucht er Bestätigung? Ist das eigentlich wirklich wichtig? ... denk ich so. Ob in zehntausend oder fünfzehntausend Jahren? An die Veränderung kann man sich so wenigsten langsam gewöhnen. Und überhaupt: so ein Klimawandel ist sowieso nicht nur unser, unser deutsches Problem. Selbst wenn man manchmal das Gefühl bekommen könnte! Es ist ein Problem für die gesamte Menschheit, das *Raumschiff Erde* als Ganzes. Hab ich irgendwo aufgeschnappt! Iss ja klar – oder? Ich bild mir ja schließlich regelmäßig meine Meinung!


Daniela ergreift nun das Wort: „Es kann auch noch schneller gehen. Den Anstieg des Meeresspiegels haben die überall schon gemessen. Aber ist es nicht merkwürdig: an wirklich neutrale Zahlen,

Daten und Fakten zu kommen, ist äußerst mühsam. Wenn man verschiedenen Experten glauben soll, hat sich unsere Erde in den letzten hundert Jahren um rund nullkommasieben bis nullkommaacht Grad Celsius im Durchschnitt erwärmt." ... was sie nicht sagt! Was ist das denn schon? So richtig heiß wird einem davon nicht! „Und diesen Temperaturanstieg sollen wir verursacht haben. Nehmen wir das mal so als Fakt hin." Willi nickt: „Joo, machen wir, aber nachmessen kann das von uns Otto Normalverbrauchern keiner. Also was soll 's: glauben oder lassen!"

Robert ergänzt schnell: „Zweiter Fakt, meine Lieben: wir haben heute mit dreihundertachtzig Teilen pro eine Million Luftmoleküle eine höhere Kohlendioxidkonzentration in der Luft als vor einer Million, aber auch schon vor dreißig Millionen Jahren. Woran liegt das wohl, mein lieber Paul?"

Ich sitze da mit offenem Mund. Wo bin ich denn hier? Im Sachkundeunterricht? In einer wissenschaftlichen Abendsendung? Wer weiß denn so was? Überhaupt schon toll, dass so etwas wohl irgendwie messbar ist, obwohl es schon ne Weile her ist! Dreißig Millionen Jahre, tzzz. Wer kümmert sich eigentlich um solche Zahlen und wer bezahlt für dieses Kümmern? Steuergelder? Und was haben wir davon? Mir schießt da so einiges durch den Kopf!

„Na ja," kontert Paul, „Daniela sagte es schon: Fakten – sind das wirklich welche? Und dann diese Experten! Du findest auch welche, die sagen genau das Gegenteil und dass vor zig hunderttausend

Jahren die Konzentration von Kohlendioxid in der Atmosphäre in etwa genauso so hoch gewesen sein soll wie jetzt. Was nun? Wer hat denn damals die Kohlendioxidkonzentration erhöht. Wir Menschen jedenfalls noch nicht. Spannend - oder?"

Bäng, Klimawandelkrimi – wer war 's – vermutlich der Gärtner ... „Ja, jetzt hört mal auf. Wenn man alles glauben will." ... mischt sich der Willi vehement von hinter der Theke ein ... „Da gibt es Politiker und Experten, die sich auf irgendwelche Modellrechnungen beziehen. Und die zeigen, dass der Kohlendioxidgehalt in der Atmosphäre in den kommenden Jahrhunderten weit über den Werten der Vergangenheit liegen wird. Welche Vergangenheit ist da wohl gemeint? Wer kann denn so etwas nachrechnen. Ich nicht. Übrigens diese Rechnungen sind zum Teil zu allem Überfluss völlig unabhängig davon, ob wir, wir Menschen im allgemeinen, in den nächsten Jahren noch was drauflegen oder nicht! Merkwürdig - oder!?"

Es ist wie ein Boxkampf! Schon kommt Paul wieder aus den Puschen und setzt einen drauf: „Trockene Luft enthält gerade mal vierhundert Kohlendioxidteilchen auf eine Million Luftteilchen! Große Zahlen, kleine Zahlen – gell!" er zuckt mit den Schultern – puh, diese Lehrer ... „Nicht umsonst ist dieses böse Kohlendioxid nur ein Spurengas. Nun soll der Mensch ganz offiziell für etwa anderthalb bis drei Prozent des zusätzlich vorhandenen Kohlendioxid verantwortlich sein – wisst ihr, was das dann heißt: umgerechnet stammt so etwa jedes hundertfünfzig- bis zweihunderttausendste Luftmolekül von uns oder besser von den von uns zusätzlich verbrannten Mengen Kohle und Erdgas und so weiter. Aber wer kann diesem Zahlenzirkus schon wirklich glauben. Ich jedenfalls nicht?"

He, glauben ist Sache der Kirche! Und diese Zahlen? Ich war nie gut in Mathe und überhaupt, was ist das für eine Diskussion? Machen Frost und Schnee sich rar, ist der Klimawandel da ... so was versteh ich besser! Stimmt aber wohl nicht, nicht unbedingt! Und noch Mal, he - wir sind ja nur etwas über achtzig Millionen in Deutschland – wie groß ist dann eigentlich unser, quasi der deutsche Anteil an den global verteilten Kohlendioxidmolekülen oder wie die Dinger heißen?! Verrückt, solche Gedanken. Das ist mir alles zu wissenschaftlich ... da wird man ja jeck im Kopf!

Daniela schüttelt derweil heftig den Kopf und steigt wieder in den Ring: „Tausend Jahre schwitzen heißt das Motto, liebe Leute! Zumindest soll es um circa drei Grad im Durchschnitt wärmer werden und der Meeresspiegel um fünf bis sieben Meter steigen!"

„Halt, halt – bevor du weiter redest: wir hatten schon mal mehr Treibhaus und Sauna auf unserer Erdkruste – so vor zweihundertfünfzig Millionen Jahren. Neunzig Prozent der Meeresviecher soll damals ausgestorben sein. Das Wasser war durchschnittlich über dreißig Grad warm ..." – woher weiß der Paul so was bloß immer? Erstaunlich!

Ich frage mich: wär für einen Urlaub an der Nordsee vielleicht mal gar nicht so schlecht – dreißig Grad Wassertemperatur, aber steigendes Wasser!? Da werden allerdings die Wege zum Strand kürzer. Hätte durchaus auch Vorteile, so 'n Klimawandel. Aber mal ehrlich: wer will schon dauernd in einer Badewanne unmittelbar vor der Haustüre schwimmen?

Gedankenblitz: was machen wir dann bloß mit den ganzen Holländern? Die beantragen dann Asyl. Wer will schon gerne den lieben langen Tag zu Hause bis zu den Knien im heißen salzigen Badewasser stehen? Fußpilz droht!

Robert unterbricht Pauls Redefluss: „Nun, diese Aussicht auf globalen Saunabetrieb ist wohl Grund genug einen Weltklimarat zu beschäftigen und Weltklimakonferenzen abzuhalten. Bringt zwar zumeist wenig Ergebnis, aber Bewusstsein. Gut, dass man mal wieder drüber gesprochen hat, könnte man meinen - oder siehst du das anders?"

Er schaut Paul an, aber jetzt sag ich mal was – übrigens zur Überraschung aller: „Ja, und wer zahlt den ganzen Konferenzzirkus der Politiker und Experten ohne handfeste Ergebnisse? Am Ende doch wir, die Steuerzahler!" ... und hoppla - alle schauen mich entgeistert an. Dabei habe ich doch nur mal spontan laut gedacht. „Tja, was guckt ihr alle so! Was kommt dabei raus außer hohe Tagungsgelder und Reisekosten? Außer Spesen nichts gewesen! Und wenn so 'n Abkommen da ist, wer hält sich überhaupt dran und wie lange? Iss doch wahr – oder!"

„Nun ja, ein bisschen Recht hat Michel schon" springt mir Willi schnell zur Seite. „Die Botschaften von Klimarat und -konferenzen sind seit Jahren immer gleich. Bewusstsein schön und gut. Aber lieber Robert, wer hört denn da als Normalbürger überhaupt noch hin: wenn die Temperaturen um mehr als zwei Grad steigen, kommt es zur Klimakatastrophe. Hu, hu! Passieren tut trotzdem wenig bis gar nichts. So wie Michel sagt! Aber iss ja auch klar. Wir sind ja dann schon wieder bei der Glaubensfrage. Da haben seit Neuesten selbst amerikanische Präsidenten mit zu kämpfen. Nich wahr! Aber ich erinnere nur mal an das Waldsterben – hat seinerzeit auch nicht so stattgefunden wie vorhergesagt." Willi muss es wissen, sein Bruder ist Förster oder Waldmeister oder so was!

Glaubensfragen, die sind überhaupt nicht mein Ding. Dafür ist der Pastor da! Und bei den Messdienern war ich ja auch nie. Mein zweites Bier hat zwischenzeitlich das Zeitliche gesegnet und ich schaue Willi fordernd an. Er grinst und nickt. Klima hin oder her. Hauptsache das Bier bleibt kühl! Egal ob sich die Malediven verabschieden oder die Alpen zerbröseln, weil der Dauerfrost sie nicht mehr zusammenhält! Aber was muss man von dem ganzen Kram eigentlich wirklich halten? Seit Millionen von Jahren findet bei uns ein Auf und Ab von Temperaturen statt. Das scheint mir ziemlich sicher und einsichtig zu sein. Und zwar mit Masse ohne uns Menschen! Was waren denn damals die Ursachen? ... Zu dumm, damals gab es auch noch keine Experten und Nachrichtensender und schon gar keine Klimaaktivisten, die dann irgendwo mit einem Spruchband an einem Schiff oder Turm hängen! Die hätten es bestimmt schon vor Millionen von Jahren gewusst, ganz bestimmt! So ein Klima macht sich ja halt nicht selber. Oder vielleicht doch? Ich schaue in mein Bierglas. Ist das jetzt ein Biotop? Zwischenzeitlich hab ich so in Gedanken den Anschluss verpasst ...

„ ... Klimakatastrophe, Ende des Ökosystems, Unumkehrbarkeit des Wandels – alles nur Schlagwörter!" Höre ich Paul wieder dozieren. Das kann er gut. Muss man ihm lassen. „So ein ausgewogenes Gleichgewicht zwischen den Gaskonzentrationen in der Atmosphäre, in den Meeren und der Biomasse bildete sich sehr langfristig. Aber Schwankungen gab es schon immer. Du musst dabei nur in anderen Zeitdimensionen denken, lieber Robert – Jahrmillionen oder so!"

Willi wirft ein: „Erst Wärme, dann Eiszeit, meine Lieben! Ein Fakt, mit dem schon einige Generationen von Menschen klar kommen mussten. Denk nur mal an den Ötzi. Bei dem war auch irgendwie Eiszeit, mein ich."

„Ne, ne Willi," wirft Daniela lächelnd ein, „da schmeißt du aber was heftig durcheinander. Die letzte Eiszeit hat etwas mehr als hunderttausend Jahre gedauert und ging vor circa zwölftausend Jahren zu Ende. Da gab es wohl schon ein paar von uns Menschen. Aber der Ötzi hat erst viel später, so vor etwa fünftausend Jahren die Alpen unsicher gemacht. Dem Ötzi sein Schicksal war ein Gletscher, der heute abschmilzt, aber keine Eiszeit." Was man so alles wissen kann – puh! Und weiter: „Und noch was: damals soll der Meeresspiegel einhundertdreißig Meter niedriger als heute gewesen sein – von Sibirien kam man quasi trockenen Fußes nach Alaska!" Soweit die Füße tragen – schau an, die ersten Amerikaner waren wohlmöglich Russen! Iss ja en Ding! Daniela scheint ein wandelndes Lexikon zu sein. Sollte mal an so einem Quiz teilnehmen. Willi hört mit offenem Mund zu.

Hundertdreißig Meter tiefer, der Meeresspiegel! Donnerlittchen – wie groß waren denn damals die Malediven, schießt es mir so beiläufig durch den Kopf.

„Stimmt - so haben es Wissenschaftler jüngst nachgewiesen," bekräftigt Paul das Gesagte. Klar, wer auch sonst! „Und man führe sich nur mal vor Augen, Gletscher bedeckten damals etwa die Hälfte unserer schönen Nordhalbkugel und unsere primitiveren Urahnen sind damit klar gekommen. Sonst wären wir ja wohl nicht hier – gell?"

„Ja genau, die sind damit zwangsweise klar gekommen, die alten Neandertaler und so weiter. Aber bei uns bricht schon seit zwei Jahrzenten offenbar die globale Depression wegen dieses Klimawandels aus!" werfe jetzt mal ich wieder mal einen Beitrag ein. Alle grinsen mich an und ich denke noch so: vielleicht sollten wir uns an diesen Vorfahren mal ein Beispiel nehmen und uns schon jetzt ganz cool überlegen, wie wir als die selbsternannte *Krone der Schöpfung* mit der nächsten Wärmephase und der sich wohl unweigerlich anschließenden Kältephase auf unserem Planeten fertig werden? Ganz praktisch also! Oder suchen wir uns einen neuen, einen neuen Planeten meine ich? Ja, nicht wir, aber möglicherweise unsere Urenkel. *Krieg der Sterne* lässt grüßen. Blöder Gedanke, ich weiß!

Trotz der nun quasi auf der Theke liegenden nicht gerade unerheblichen erdgeschichtlichen Erkenntnisse wird lustig weiterdiskutiert. Ist ja so wie im richtigen Leben, in dem sich Profi- und Laienklimaforscher und die verschiedensten Gruppierungen auf 's Heftigste streiten. Ich hör wieder zu und Robert fragt ganz beiläufig die anderen: „Was meint ihr denn nun wirklich, wer oder was Klimawandel verursacht? Die Sonne mit ihren diversen Aktivitäten, der Mensch und seine Kohlendioxidproduktion oder doch noch ganz andere Zusammenhänge beispielsweise eine Erdachsverschiebung oder so etwas? Wenn sich so viele Experten streiten, dann muss uns doch eigentlich klar sein: wir, wir Menschen, meine ich, haben das mit dem Klima noch gar nicht so richtig begriffen!" Das würd mich gar nicht wundern. Die Jungs und Mädels im Fernsehen bekommen ja noch nicht mal eine ordentliche Wettervorhersage hin. Kein Wunder, dass das mit dem Verstehen des Klimas nicht so weit her sein kann. Aber vielleicht bekomm ich noch ein ordentliches Bierchen? Die erwärmten Schaumreste im Glas sind jetzt sicherlich ein Biotop!

„Trotzdem werden wir diesbezüglich stets und ständig auf Alarm gebürstet," meint der Willi und stellt uns allen ein Schnäpsken hin. Auch gut! „Geht auf 's Haus. Ein Prosit auf den nahenden Weltuntergang!" Mir fällt eine Schlagzeile ein: wir retten das Klima – wer rettet die Welt? Tja, ein Klimarettungsschirm – sozusagen ... dolle Sache. Atmen wir ein bisschen weniger Kohlendioxid aus und reduzieren das Furzen der Kühe und Schweine oder so! Wie wär es denn eigentlich mit ner kräftigen *Luft - Ökosteuer*? Mit Geld kann man ja heute fast alles regeln!

„Na, na Willi, Weltuntergang ist ein wenig hoch gegriffen." meint der Paul und lässt dem Schnäpsken ein Schluck Pils folgen. „Irgendwie wird der Mensch das schon hinbekommen. Wir retten ja alles, Klima und Umwelt und so weiter. Und wir hier in Deutschland als Gutmenschen. Globale Musterknaben sozusagen! Immer ganz vorne weg!"

„Moment mal!" meint Robert. „Es ist schon ganz schön ärgerlich mit dem Retten unserer Welt! Wir retten das Klima – koste es, was es wolle. Aber wer rettet eigentlich die Umwelt? Denn das ist schon lange nicht mehr das Gleiche und manchmal sogar gegenläufig." ... wie jetzt, mal langsam zum Mitschreiben ... „Übrigens: in einigen Milliarden Jahren explodiert unsere Sonne. Dann ist es sowieso zu spät." Leichtes Gelächter!

Milliarden, da ist sie wieder meine Lieblingszahl mit wie vielen Nullen doch gleich?! Und toll! Was hilft uns dieses Wissen jetzt? Bis dahin, also bis zu dieser finalen Sonnenexplosion müssen wir noch irgendwie klar kommen. Also nicht ich persönlich, aber unsere Nachkommen!

Mir wird das jetzt ein bisschen zu dumm. Ich zahle bei Willi. Für heute habe ich genug – Bier und hochgeistige Diskussion! So quasi

Sachkunde im Vorbeigehen. Neudeutsch: *Sachkunde - to go*. Was soll man nun von dem ganzen Kram halten, denke ich so beim Rausgehen.

„He, Michel, willst du uns schon wieder verlassen?" ruft mir Paul hinterher. „Warte noch bis ich mein Bierchen leer hab, dann gehen wir zusammen." „Ok, ich warte kurz," sag ich so und setzt mich noch für ne Runde an den guten alten Daddelautomaten direkt neben der Tür. Mit einem Ohr bleibe ich so Zeuge der weiterlaufenden Diskussion.

Daniela eröffnet zu allem Überfluss jetzt die Gerechtigkeitsdebatte – Frau halt: „Es ist doch irgendwie ungerecht. Die Länder, die bisher am wenigsten Kohlendioxid produziert haben, sind zukünftig am stärksten von den Folgen betroffen. Da muss doch ein Ausgleich, eine faire Lastenverteilung her." Entwicklungshilfe beim Klimaschutz? ... denk ich so beim Einwerfen der ersten Münze ... wie soll das denn gehen? Wahrscheinlich wieder mit unseren Steuergeldern. Wahrscheinlich ist dem Klima eine gerechte Weltordnung sowieso völlig egal. Wer weiß das schon? Zu dumm! Muss ich mir jetzt deswegen zusätzlich Sorgen machen? Kommt dann ein *Klimasoli*? Vielleicht, ausschließen möchte man das ja nicht. Wenn allerdings der Spielautomat so weitermacht, hab ich sowieso nichts mehr!

„Was ist denn eigentlich mit unseren Kindern und Enkeln bevor wir so an die anderen Länder denken, sind doch erst einmal die dran?" meint Willi so von der Seite. Ich schau mich um und Paul hebt gerade das Glas für seinen letzten Schluck. Wird auch Zeit jetzt!

„Wir, unsere Eltern und Großeltern haben ja nun das Klima zumindest teilweise mit versaut, wenn ich das alles richtig verstehe. Unsere Nachkommen werden es ausbaden müssen, genauso wie die in Afrika und wo auch immer auf diesem Planeten. Wo bleibt denn da die Gerechtigkeit, frag ich euch?"

„Ja doch, da mischen sogar schon die Kirchen mit," reagiert Robert verzugslos mit erhobenem Zeigefinder und breitem Lächeln, „Kirchen für Klimagerechtigkeit! Hab ich letztens irgendwo auf einem Plakat aufgeschnappt."

Mir wird schon wieder ganz anders. Wir sind da irgendwie gründlicher. Wir hier in Deutschland – ja, ja! Ist aber nur so ein Gefühl. Wenn schon Klimaschutz, dann auch hundertprozentig oder noch mehr. Mir scheint, viele andere beispielsweise die Belgier und Franzosen haben da sehr viel weniger Schmerzen mit. Aber was soll 's! Wir zeigen den anderen dann mal, wo es langgeht. Besser noch: wo es langgehen muss! So ein Klimaschutz muss organisiert und geregelt sein. Gesetzlich, europäisch, weltweit, der Ordnung halber - na klar. Gerecht und ausgeglichen! Richtig so! Elektroautos, erneuerbare Energien – alles Klima oder was? Papier ist geduldig und Hauptsache teurer. Veränderungen sind immer teurer. Ich denke mal wieder zurück an den Soli. Wiedervereinigung war auch teuer, bis heute! Nur leider oder vielleicht auch dem Himmel sei Dank sind wir bei dem Klimathema nicht alleine unterwegs.

Da wird gespendet. Aktionen und Projekte werden losgetreten. Wohlmöglich noch eine Klimakollekte in der Kirche und bei den Pfadfindern. Alles, um unsere Schuld der frühen Geburt im Industriezeitalter zu tilgen! Wie bescheuert ist das denn! Da geht ich doch lieber heim und zieh mir den heute anstehenden Champions League - Kick rein. Freu mich drauf! „Paul, Junge es wird Zeit, ich muss jetzt los! Lass mal Klima Klima sein!" Paul nickt, zahlt und begleitet mich die paar Schritte nach Hause.

„Öko und Klimaschutz, ist sowieso nur was für Leute, die es sich leisten können". Meine ich so beiläufig auf dem Weg und schau Paul grinsend an. „Hm, da ist wohl in den letzten zwei Jahrzehnten zu viel experimentiert worden und einiges schief gelaufen. Rein in die Kartoffeln, raus aus den Kartoffeln. Kaum einer durchschau doch noch die Gesamtzusammenhänge! Staatliche Förderungen hier, Streichungen dort." erwidert Paul etwas ausweichend.

„Du Paul, weiß du, das ist mir alles zu hochgestochen. Ich mache das Licht an und aus. Der Strom kommt aus der Steckdose. So wie immer! Die großen Katastrophen wie weniger Trinkwasser, mehr Wüsten und so weiter kommen doch eh nicht so, wie die Experten sagen. War doch mit dem Waldsterben auch so."

„Nun, du magst das ja gerne so sehen, lieber Michel. Wir neigen ja sowieso ein wenig zum Drama und machen uns zu viel Sorgen. Denk an unser Balkongespräch von neulich. Unsere geliebte Republik hat übrigens diesbezüglich noch einen recht guten Status: wir liegen in der niedrigsten Gefährdungs- und Risikogruppe aller untersuchten Staaten auf dieser Welt. Also keine Panik, möchte man sagen." Na, siehste – alles tutti! Ich suche den Hausschlüssel in der Hosentasche und schau auf die Uhr. Noch zehn Minuten bis zum Anpfiff. Noch läuft Lieschens Krimiserie.

„Die Katastrophenregionen sind ja wohl wie immer die üblichen Verdächtigen, so wie Afrika oder Asien – oder?" „Eben, ..." meint Paul gedehnt. „Von dort werden die Leute dann auch abhauen. Nicht Kriegs- sondern Klimaflüchtlinge. Kommt wohl irgendwann unweigerlich auf uns zu."

Oh je - und ich hatte eben nur an die nassen warmen Füße der Holländer und damit mal wieder nicht zu Ende gedacht. Wie hoch muss denn dann der Zaun um Europa werden? So wie der zwischen Mexiko und USA? Abhaken ... reine Spekulation!

„Früher oder später wird das wohl so kommen, Paul, früher oder später. Habe ja heute gelernt: Klimawandel können wir vermutlich sowieso nicht verhindern. Und so richtig glauben kann man diesbezüglich eh keinem. Ist schon so en bisschen gruselig. Aber da kommt wohl unweigerlich was auf uns zu oder besser auf unsere Nachkommen, denke ich. Was ist richtig, was ist falsch – man weiß es nicht!"

„Tja, wenn du dann die eine oder andere Schlagzeile liest wie: haltet die Luft an und schont das Klima! und das Ganze dann weiterhin seine Blüten treibt. An jeder Ecke einen Klimaschutzpreis und eine Aktion gegen den Klimawandel. Politisches Schlachtfeld auf allen Ebenen. Aber – eindeutige Anreize zum vermeintlich richtigen Verhalten? Ich weiß nicht!"

Wohl wahr! Irgendwie unangenehmen: Alles so unklar und unsicher. Selbst Paul ist verunsichert! Ungewöhnlich! Das mag ich nicht. Hab ich jetzt schon wieder tiefe Sorge, denk ich so und schließ die Tür zum Treppenhaus auf. Am besten: wegducken, nicht drüber nachdenken und abwarten. Es kann ja noch ein paar tausend Jahre dauern, ehe wir genauer wissen wie es weitergeht ... mit dem Klima und so. Vielleicht sind wir als Volk bis dahin schon ausgestorben. Mag sein, wer weiß? Oder es geht ganz schnell - Klimakatastrophenfilme lassen grüßen! Gibt es eigentlich schon eine Klimakatastrophenschutzversicherung – bestimmt – Versicherungen sind doch erfinderisch! Muss mich mal schlau machen, wenn ich mal nichts anderes zu tun habe. Wollte die Versicherungen doch sowieso mal checken. Auch der Paul schuld!

Der verabschiedet sich vor seiner Wohnungstür und gibt mir noch einen mit auf den Weg: „Weiß du, dass laut Umfragen zwar viele von uns sagen, Klimawandel ist ein sehr ernstes Problem und eine große Herausforderung, aber Angst persönlich betroffen zu sein, haben weniger als zwanzig Prozent! Die Klimadramatiker unter uns sollten das vor Augen haben. Auch Daniela und Robert, die überziehen halt oft mal in solchen Dingen." „Ja, ja" ,meine ich nur, „schönen Abend noch, Paul – ich hab 's wirklich eilig jetzt, das Spiel beginnt gleich!"

Sollen doch die politischen Streithähne rund um dieses Thema weiterhin öffentlich diskutieren und aufeinander herum hauen. Die eine oder andere Talkshow dazu wird wohl noch auf uns zukommen. Brennpunkte und Eilmeldungen sowieso – bei jeder Sturm- und Gewitterfront. Alles Klima! Aber was soll 's? Hat ja vielleicht auch Vorteile. So eigene Orangenbäume im Garten, wärmeres Wasser in der Nordsee und freie Sicht auf das Mittelmeer, wenn die Alpen zerbröselt sind!

Klima hin oder her – uns geht es im Moment rein klimatisch gesehen noch gut und überhaupt: jetzt ist Fußball! Ich schließ die Wohnungstür auf „Hallo Lieschen, bin wieder da ...!"

## Unsere Bildung

Da sitzen wir nun und schauen auf das Zeugnis von Fritz. Er ist kein Superschlauer, aber auch kein Dummer. Guter Durchschnitt! Besser als ich seinerzeit! Aber jetzt stehen wir vor der Entscheidung: weiterführende Schule oder nicht? Gesamtschule oder Gymnasium, die Empfehlung hat er nun mal nicht. Aber man weiß ja nicht so Recht. Schwere Entscheidung! Lieschen ist irgendwie völlig gestresst und Fritzchen weiß sowieso nicht so richtig, was er will. Wer weiß das schon mit knapp elf Jahren. Wir überlegen so gemeinsam vor uns hin, was macht Sinn?

Schwiegerpapa kommt am Abend dazu und dann geht es los mit dem Thema Schule und überhaupt Bildung und was man davon hat und so weiter. „Der Junge ist doch nicht dumm, versucht doch erst mal das Gymnasium. Bildung ist doch die Voraussetzung für alle späteren Schritte oder seh ich das falsch? Er soll doch mal bessere Aussichten haben als wir mit einfacher Lehre damals, was meinen ihr?" Er schaut dabei sein Töchterchen, meinem Lieschen mit strengen Augen an.

Was wir meinen, hm? Mehr als Lehre und anschließend Meister war bei mir nicht. Was soll ich da schon meinen? Und was heißt denn eigentlich Bildung? Ist Bildung einfach das Anhäufen von Schul- und Fach- oder Allgemeinwissen oder mehr? Muss man das Alles wissen? Das Meiste aus der Schule hab ich schon wieder vergessen oder zumindest verdrängt, wie man heute zu sagen pflegt! Hat das Dasein als allwissender Quizgott was mit Intelligenz zu tun? Und wie intelligent ist unser Fritzchen? Und was soll ihm die ganze schöne Bildung eigentlich wirklich bringen? Sichere Jobs, mehr Geld und Karriere, mehr Wohlstand? Brauchen wir das noch, wenn ein Grundeinkommen kommt? Die Weltverbesserung am Samstag mit Ulli im Stadtpark steckt wohl noch im Denkapparat! Fragen über Fragen. Kompliziert und das nur wegen Fritzchen!

Wie war das doch gleich: Wissen ist Macht, aber nichts wissen macht auch nichts! Basta! Bildung gleich Macht kann ich mir bitte schön nicht vorstellen. Wahrscheinlich völlig falsch mein Weltbild!

„Nun hör mal Vadder," entgegnet Lieschen, „Fritzchen ist jetzt zehn Jahre. Wenn der auf 's Gymnasium geht, ist sein Kindsein vorbei. Nix mehr mit ausgiebig Fußball spielen und mal unterwegs sein mit den Kumpels draußen am Baggersee. Morgens bis abends büffeln. Ist das richtig? Und wird er das überhaupt schaffen? In manchen Fächern ist er ja nun mal nicht die hellste Kerze auf der Torte. Mathe mit Ach und Krach drei, sag ich nur."

Wie immer - Schwiegervadder beruhigt: „Lieschen, nun bleib mal auf em Teppich! Denk bei Gymnasium nicht immer gleich an Goethes Faust und Schillers Glocke oder die Quantenphysik." ... was hat Physik mit großen Füßen zu tun ... denk ich so? Und wenn dieser unselige Goethe dem alten Schiller mit seiner Faust auf die Glocke haut - ja was dann? Scherz beiseite!

„Letztens war ich in der Fußgängerzone und da haben die ein

paar Jugendliche zum Ursprung von Weihnachten oder Ostern befragt. Vom Radio waren die, glaub ich. Und was ist: nich mal jeder fünfte hat eine halbwegs richtige Antwort geben. Ich hab mir das eine halbe Stunde angehört und konnte es nicht fassen. Peinlich, peinlich für unseren Nachwuchs und für diejenigen, die für deren Allgemeinbildung verantwortlich zeichnen - oder?"

Ja, ja denk ich so, ein ordentlicher Input, oder wie das neudeutsch heißt, wär schon nicht schlecht für unser Fritzchen. Aber Weihnachten und Ostern, das hat er wohl noch auf der Pfanne, der Kleine. Und zwar von uns, nicht aus der Schule! Aber mal im Ernst: nur mit unseren Urinstinkten aus der Jäger- und Sammlerzeit im Hirn kommt man vielleicht in der einen oder anderen vertrottelten Fernsehshow weit genug heutzutage, aber nicht im richtigen Leben. Aber wenn man einen auskömmlichen passenden Job auf Dauer haben will, zumindest bis Ullis Grundeinkommen kommt – tja dann! Gedankenverlorenes Schmunzeln!

„Lieschen, lass uns mal ne Nacht drüber schlafen. Morgen ist auch noch en Tag und wir haben ja noch zwei Wochen Zeit bis wir Fritzchen irgendwo anmelden müssen." So damit ist zumindest für heute Abend Schluss mit dem Thema. „Und das muss ja gar nicht so schlimm werden mit dem Pauken für unseren Sohnemann. Schließlich gibt es bei uns wahlweise noch Abitur in dreizehn Schuljahren – glaub ich jedenfalls. War da nicht letztens was zu im Regionalradio?"

Schwiegervadder nickt und ergänzt: „Nun die Bundesländer

haben teilweise völlig unterschiedliche Regelungen, aber bei uns kann man wohl wählen. Unsere Bildungsminister mit ganzen Horden von Ministerialbürokraten und Bildungsexperten im Schlepptau haben sich mal wieder nicht auf eine national einheitliche Lösung einigen können." ... und dann grinst er, „Hat ja schon Tradition, dieses Länderdurcheinander in Sachen Schule und Bildung. Gehört wohl schon zu unserer Kultur. Bestimmt heißen die deswegen auch Kultusminister und versuchen sich in regelmäßigen Abständen bei ihren Konferenzen in Gemeinsamkeit bezüglich Bildung und Kultur. Völlig hoffnungslos ... wenn ihr mich fragt!" Aber wer tut das schon, denk ich so.

Horrido - mit diesen Worten verlässt uns der väterliche Ratgeber und wünscht uns einen schönen Abend. Guts Nächtle wäre wohl besser jetzt! Derjenige, um den es eigentlich geht, pennt eh schon seit zwei Stunden – hoffentlich!?

Übrigens: eins habe ich jetzt noch auf die Schnelle mitbekommen. Bildung muss zur Kultur gehören. Deswegen Kultusminister gleich Bildungsminister! Aber was ist eigentlich Kultur? Schwere Kost! Und das vor dem Schlafengehen.

Ich hab 's geahnt: mitten in der Nacht wache ich auf - in Schweiß gebadet! Ich habe wirres Zeugs geträumt. Alptraummäßig! Haltet die Leute doof, spricht ein hässlicher Mensch in Mönchskutte - Volksverblödung hilft den Mächtigen – also doch – tiefstes Mittelalter, Kreuzzüge, Hexenverbrennung, Frondienste, Blut fließt – nur Adelige und Kirchenvertreter können lesen! Die Bilder verschwimmen und bilden sich neu: Volksverdummung, Gleichschaltung, Deutsches Reich, Adolf – und dann wache ich auf – puh! Bildung tut Not, nicht nur für Fritzchen! Kultusminister hin oder her! Wir haben zumindest die Chance uns geistig zu entwickeln: Lernen, Bildung, die Chance auf Ausbildung, wir haben ja ein Bildungssystem! Ich werde prompt wieder ruhiger – lieb Vaterland magst ruhig sein, also schlaf ich wieder ein! ... Aber das Problem der nächsten Schule, der guten Bildung für Fritz ist auch am nächsten Morgen noch nicht geklärt. Schade eigentlich!

Als ich dann völlig abgespannt und ahnungslos von der Arbeit komme, sitzen Lieschen, ihre Freundin Rita, sie leitet die Kita um die Ecke, und Schwiegermama am Küchentisch. Sie reden sich die Köpfe heiß. Das Thema ist nicht so völlig überraschend: Fritzchens Schulwahl und warum überhaupt und so weiter.

„Die bloße Anzahl der Lehrer ist doch nicht das eigentliche Problem." höre ich Rita schwadronieren, als ich rein komme. „Wir haben irgendwo zwischen siebenhunderttausend und achthunderttausend haupt- und nebenamtliche Lehrkräfte. Eine beachtliche und seit etwa zehn Jahren trotz Schülerrückgang ziemlich stabile Zahl – sollte man zumindest meinen. Aber irgendwie scheinen die nicht so richtig dem Bedarf nach Schularten und Regionen entsprechend verteilt zu sein. Und fast die Hälfte sind ohnehin schon deutlich über fünfzig. Sind halt oft krank, burn out und so weiter." ... burn out – auch so 'n Psycho-Modethema! Früher war man einfach nur fertig, urlaubsreif oder so! Aber burn out, mal ganz ehrlich, klingt schon irgendwie besser als: ich hab keine Lust mehr!

„Der Rest, insbesondere die Jüngeren, ist auf Fortbildung oder sitzt in Arbeitsgruppen zur Neugestaltung von Unterricht – anstatt diesen selber zu halten. Was dann noch übrig ist, ist als Bildungsexperte unterwegs mal in Talkshows, mal in Forschungsprojekten. Ursachen für Unterrichtsausfälle gefällig – noch Fragen?"

Achtung - Gedankenblitz meinerseits: ... wie viele Lehrerinnen und Lehrer hocken beurlaubt irgendwo in der Politik, in den Parlamenten herum? Bestimmt nicht wenige. Hab da schon mal was zu gelesen. Muss demnächst mal Paul fragen.

„Na ja, das hatten wir gefühlt irgendwie schon immer, das Problem des Unterrichtsausfalls!" mischt sich Schwiegermama ein. Sie ist ja noch ziemlich plietsch für ihr Alter, die Gute, die ehemalige Chefsekretärin. „Mal was anderes: was will Fritzchen eigentlich selbst? Der ist doch eher so praktisch veranlagt. Spielt mit technischem Zeugs und baut ständig an irgendwas rum. Wie sein Vater. Außer seinen gewohnt frechen Sprüchen ist er ja nun auch nicht gerade der Wortgewandteste – oder? Muss er denn unbedingt auf ein Gymnasium? Ist doch alles eine Frage der Motivation: Lehre tut viel, aber Aufmunterung tut alles! hat schon Goethe gesagt."

So, so schon wieder der, der mit der Faust. Grinsen ... ich liebe diese schlauen Sprüche meiner Schwiegerleute. Lieschen, ihre Tochter, meine Frau, hat zwar einen Realschulabschluss, aber keinen Beruf fertig gelernt. So viel zur Eigenmotivation. Heute arbeitet sie als halbtags im Supermarkt. Und macht nebenher ein paar Schreibarbeiten für den kleinen Möbelladen die Straße rauf. Solche Bildungs- oder besser Ausbildungsergebnisse kann man nicht in einem Pisa pro Jahr pro Lehrfach oder so messen. So iss der Alltag halt, wenn man sich als Mutter um die Familie kümmern will! Etwas sehr holzschnittartig, egal. Klingt aber gut!

Aus meiner Sicht wird die Wissensvermittlung in der Schule sowieso total überschätzt. Mein Handwerk habe ich auch nur in der Praxis wirklich gelernt. Aus Fehlern halt und von den Kumpels. Iss wie beim Radfahren. Da hilft ja auch nicht das Studium von Büchern, sondern nur der praktische und immer wiederkehrende Selbstversuch - aufgeschlagene Knie einschließlich - bis man 's wirklich drauf hat.

„Wenn Motivation so wichtig sein soll, frage ich mich, meine Lieben, wo die bei mir so war. Und Tach auch, die Damen!" So klinke ich mich jetzt ein und bleibe dabei in der Küchentüre stehen. Wenig begeisterte eher müde Blicke wenden sich mir zu. „Meine Lernbegeisterung, die ja der Schlüssel zum Superschüler sein soll, hat sich stets in Grenzen gehalten. Meistens war vieles Andere wichtiger als dieses blöde Lernen. Aber vielleicht kann ich mich auch nicht mehr so genau erinnern. Iss auch völlig wurscht! Heute ist eh alles anders. Sogar das

Sitzenbleiben wird abgeschafft!" ... hab´ ich irgendwo aufgeschnappt.

„Tja, und hallo erst Mal, Michel - so bist du also beim grundsoliden Handwerk gelandet und nicht Professor geworden!" Schwiegermama lächelt mich etwas gequält an. „Na und, trotzdem krisenfester Job heute bei den Stadtwerken. Hat auch nicht jeder! Und das heute jeder Abitur und Studium haben muss, iss doch völlig überzogen. Wo sollen denn die fehlenden handwerklichen Fachkräfte zukünftig alle herkommen?" Entgegne ich trotzig. „Und übrigens das mit Fritzchens Frechheiten habe ich gehört. Meinst wohl, er ist nicht gut genug erzogen ... oder was?" Schwiegermama reagiert sofort: „Michel, mein lieber Michel, mein allerliebster Schwiegersohn," ... aha – was jetzt wohl wieder kommt, sie hat ja sonst keinen anderen, also Schwiegersohn, mein ich! „Wir sind hier bei der Bildung und nicht bei der Erziehung. Bitte nicht verwechseln. Auch ein unerzogener Mensch kann durchaus gebildet oder zumindest gut ausgebildet sein. Wer also im Restaurant rülpst, in der S-Bahn ausspuckt oder als Fußballfan mal handgreiflich wird, muss ja nicht automatisch Schwierigkeiten mit Goethes Faust oder Adam Riese haben." ... Hooligans – welche Faust von Goethe war es diesmal? Und Adam war kein Riese. Zumindest nicht der in der Bibel. Oder gibt es etwa auch eine Eva Zwerg? Keine Gelegenheit zum Nachhaken. Sie blubbert atemlos weiter: „Englisch können so manche aus dem Ruder gelaufene Typen aber kurioser Weise fließend. Woher sollten die sonst so Ausdrücke wie *Fuck you* oder *Piss off* kennen?"

Herrje, jetzt aber ... Ist es denn nicht so, dass man schon durchaus feststellen kann, dass Menschen mit einer besseren Erziehung meist zu einer besseren Bildung neigen und umgekehrt. Da scheint es unstrittig einen klitzekleinen Zusammenhang zu geben. Sei´s drum! Schwiegermama hat Recht und zwar immer!

An der Stelle meldet sich Rita unvermittelt zu Wort. Sie ist ja schließlich Erzieherin und muss es wissen: „Dennoch, manche Eltern scheinen den Schluss zu ziehen, sie könnten ihre Erziehungsaufgaben und -pflichten samt und sonders auf die ohnehin schon total überforderten Lehrer oder auch Kindergärtnerinnen übertragen: macht mal, aber packt bloß nicht zu hart und konsequent zu, sonst komm ich mit dem Rechtsanwalt. Wehe, wenn sich da jemand ungerecht behandelt fühlt! Ich kann euch sagen ... Das geht schon bei uns in der Kita so los!"

„Aber Leute," meint Lieschen jetzt, „bitte zurück zum Thema! Zur Ausbildung, am besten die von Fritzchen! Wo ist der Bengel überhaupt? Das ist mir jetzt zu wichtig. Diese Ausbildung - schulisch wie beruflich oder halt beides. Das bedeutet gesicherte Zukunft. Wir brauchen bald eine Entscheidung. Meine Meinung kennt ihr ja schon. Bei diesen Experimenten in Richtung Abitur und so. Ich weiß nicht so recht, ob das wirklich gut ist."

Ei der Daus! Liebes Lieschen, das große Ganze unterschätzt du aber jetzt. Es stand sogar in der Zeitung: Bildung ist nicht einfach nur eine familiäre, sondern auch eine nationale Aufgabe. Und wir müssen aufpassen, dass uns die Finnen und Südkoreaner dabei nicht links oder rechts überholen. Um Himmelswillen, was mir da wieder Alles durch den Kopf geht: der globale Bildungs- oder noch besser der Zukunftswettbewerb. Nicht Kampf der Kulturen, sondern der Superhirnis! Da kann man ja schon wieder ernste Sorge bekommen. Ist also völlig gleich, was Fritzchen lernt. Er wird ohnehin abgehängt und sein Arbeitsplatz bekommt ein Finne oder was?

Eine nationale Aufgabe also! Was sagte letztens mein Chef: schon Henry Ford, der der den Ford Mustang gebaut hat, wusste, dass die Wettbewerbsfähigkeit eines Landes im Klassenzimmer beginnt. Da stimmt ich sofort zu! Deswegen sind sich unsere Kultusminister ja auch so einig mit dem, was in den selbigen, den Klassenzimmern nämlich so passieren soll, nicht wahr! Nationale Aufgaben sollten besser Bundessache sein. Wenn schon, denn schon! Die Bayern stellen ja auch nicht komplett unsere Nationalmannschaft – oder? Blöder Punkt, schon weil da nur noch Fußballasylanten für Millionen und kaum noch Deutsche, geschweige denn echte Bayern spielen. Ja, ja ich weiß: interessiert eh keinen!

Aber andererseits, mit so einer feinen Bildungspolitik kann man bei den Wählern vielleicht noch irgendwie punkten als Landesregierung? Man verspricht einfach, jetzt wird alles besser und die nächste Schulreform läuft an. Bis man dann den tatsächlichen Erfolg irgendwie messen kann, sind die nächsten Landtagswahlen eh vorbei! Iss doch wahr!

Unsere drei Ladies sind natürlich zwischenzeitlich schon ein wenig weiter, also so rein gesprächstechnisch. Ich hänge meinen Gedanken nach und mache mir nebenbei auch noch ein bisschen Sorgen um Fritzchen, der eigentlich schon zu Hause sein müsste.

Just in diesem Moment klingelt es, es knackt im Schloss und Fritzchen stürmt herein. „Hi Mama," ... bin ich Luft oder was? Mit glühenden Wangen und leuchtenden Augen rennt er an mir im Flur vorbei und berichtet : „Ich bin ein wenig zu spät, weil wir heute im BISS oder so waren, bei den Berufsberatern oder wie das heißt! Jetzt weiß ich auch was ich werden will. Ingenieur!" Lieschen schüttelt den Kopf, Rita lacht auf und übersetzt BISS für uns Nichtwissende, ... „ ... aha, im BIZ, dem Berufsinformationszentrum warst du also ..." und Schwiegermama hebt die Augenbrauen und nickt schon fast begeistert.

Berufsinformationszentrum – allein das Wort bereitet einem Schmerzen. Der Laie staunt und der Fachmann wundert sich! Was es nicht alles gibt! Da kann man mal sehen: Ingenieur, dem ist angeblich nichts zu schwör oder wie war das doch gleich? Dann bleibt ja wohl nur Gymnasium, denke ich noch so still vor mich hin. Haken dran! Aber völlig falsch!

„Und Mama, auf 's Gymnasium brauche ich deswegen auch nicht. Das geht heute anders, hat der Mann da erzählt. Er hat gesagt: über so einen zweiten Bildungsweg, und am besten ist sowieso, vorher was Praktisches zu lernen." So, so, erstaunlich. Tja, wenn unser Sohnemann mal was mitbekommt, dann gleich richtig. Und schau mal einer an: die Praxis ganz vorne. „Es ist ganz normal heute, hat uns der Mann noch erzählt. Viele Erwachsene machen das auch so, lange nach der Schule. Er meinte, es gibt fast so viele Erwachsene, die noch lernen wie es uns Schüler gibt."

„Schüler haben wir ungefähr acht Millionen." wirft Rita wissend ein, „kann man im Bildungsbericht nachlesen." ergänzt sie schulterzuckend. Aha! Interessiert zwar keinen, aber trotzdem, was man weiß, was man wissen sollte ... denke ich so. Und bei den Erwachsenen in der Ausbildung müssen ja zwangsläufig all die Dauerstudenten dabei sein – kein Wunder, dass so eine Zahl zusammenkommt. Gell, würde Paul jetzt sagen!

„Ich meine ja nur, Mama, du brauchst dir keine Sorgen machen!" rattert Fritzchen weiter und er wird es jetzt wohl wissen! „Es ist gar nicht so schlimm, wenn man nicht direkt alles packt in der Schule. Kann man alles später nachholen. Ist doch prima Mama, oder?" Tzzz ... wie war das: was du heute kannst besorgen ... na ja. Und wer soll das bezahlen und wie viele Jahre fehlen dann bei der Rente und so weiter? Es rauscht im Kopf. Lieschen umarmt den Kleinen: „Na dann, mein Lieber, wieso machen wir uns dann überhaupt noch Gedanken!"

Himmel gütiger, ja, wieso eigentlich. Das regeln die Umstände! Prima! Und die sind nun mal offenbar gar nicht so übel, die Umstände in unserem Bildungsgedöns!

Ich erinnere mich dabei an eine Fachsimpelei von Paul und einem seiner Kollegen. Also Lehrer unter sich sozusagen – letztens bei Willi an der Theke. Die beiden regten sich über die diversen Studien und Ländervergleiche auf, bei denen wir Deutschen, immerhin die Dichter und Denker, wohl immer noch im weltweiten, dem weltweiten Mittelmaß stecken. Wer misst so was eigentlich, so weltweit? Pech, sag ich nur! Das hat man nun von dieser Globalisierung! Laut Paul geben wir für unsere Bildung, also eigentlich die Ausbildung unserer Kinder und Kindeskinder noch viel zu wenig aus. Weniger als fünf Prozent im Verhältnis zu diesem berühmt berüchtigten Bruttosozialprodukt. Was immer das genau sein mag! Ich kenne Brutto und Netto vom Gehaltszettel! Aber iss jetzt auch egal. Auf jeden Fall gibt es so etwa zwanzig andere Staaten, die deutlich mehr dafür ausgeben. Für Lehrer und Schulen und den ganzen Kladderadatsch. Hat zumindest Pauls Kollege behauptet. Ob die dadurch in diesen Ländern schlauer sind? Chronische Unterfinanzierung - haben dann beide verärgert festgestellt. Weiß ich noch, schöne Aussage: *chronische Unterfinanzierung*. Unterfinanzierung bei über hundert Milliarden pro Jahr! Die Zahl stand letztens, in fetten Buchstaben auf der Titelseite. Zahlen, die sich keiner so richtig vorstellen kann!

Mal allen Ernstes: muss man sich mit so was überhaupt beschäftigen? Und was ist eigentlich mit den vielen privat ausgegebenen Euros für die klassische Nachhilfe neuerdings auch für diese Privatschulen. Bestimmt auch nicht wenig! Nachhilfe – ein großer Ausbildungsmarkt, aber auch in großen Teilen ein privater Schwarzmarkt!

Rechnen, Schreiben, Lesen als Nachbarschaftshilfe, quasi. Die berühmte Dunkelziffer lässt grüßen.

Unsere betriebliche Weiterbildung bei den Stadtwerken! Eh, was ist eigentlich damit? Zählt die auch mit? Und sind die Ausgaben für unser kleines Heimatmuseum auch Bildungsausgaben, zum Beispiel wenn der nächste Klassenausflug von Fritzchen dahin geht? Ist doch auch irgendwie Bildung, wenn man da vor der Wand steht und ausgestopfte Tiere und Fotos von Bäumen anschaut – nicht wahr!? Musikschulen, Tanzschulen, Volkshochschulen, Privatschulen ... was kommt da wohl noch zusätzlich zusammen? Und trotz den berühmten Milliarden: die meisten Schulen sind renovierungsbedürftig – genau so wie unsere Straßen! Achtung, mein Lieber, jetzt bloß nicht abschweifen!

Was soll's – ich muss das alles nicht so genau wissen und schon gar nicht verstehen. Papier und Statistik sind geduldig. Hab ich von Ulli gelernt! Studien hin oder her? Beschweren tun sich trotzdem alle. Zu wenig Geld, nicht an der richtigen Stelle und überhaupt. Da blicken doch selbst die schlausten Kultusminister einschließlich ihrer Ministerien nicht mehr durch. Mann oh Mann! Was soll's? Fritzchen hat ja seine Lösung offenbar gefunden!

„Dann wohl doch zuerst mal Gesamtschule!" höre ich Lieschen sagen. Hat sich wohl für und mit Fritzchen entschieden. War doch gar nicht so schwer! Schwiegermama scheint nicht zufrieden. Eher missmutig, wie sie jetzt grad dreinschaut. Aber zur Feier des Tages und der großen Entscheidung gibt es erst mal einen kleinen Eierlikör für das Damenkränzchen. Und Fritzchen, der ist schon wieder verschwunden. Der bildet jetzt seine Finger aus bei so einem Daddelspiel am Computer.

„Was macht der Kleine eigentlich so oft am Computer? Habt ihr da keine Angst?" fragt Rita in meine Richtung schauend. „Als wir so alt waren, wie Fritzchen haben wir noch gelesen oder sind raus zum Spielen. Das machen die heute ja wohl kaum noch." Also ich habe draußen Fußball gespielt, liebe Rita, denk ich so, aber gelesen?!

Unvermittelt startet Schwiegermama einen neuen Frontalangriff auf die anwesenden Erziehungsberechtigten: „Ja, genau und wir, wir wussten in dem Alter noch nicht mal, was ein Computer ist und Fernsehen gab 's auch nur am Wochenende für ein bis zwei Stunden." Ja, ja, jetzt kommen diese alten Kamellen wieder. Nationale Bildung bei Fury, Rin Tin Tin und Lassie und wie sie alle hießen. Damals! Ich kann 's nicht mehr hören! „Und heute ..." tönt es weiter aus Schwiegermamas Richtung, „ ... heute werden zwar immer mehr Bücher gekauft, ein Milliardenmarkt hört man so" ... schon wieder diese Zahl mit den vielen Nullen ... „ ... aber werden die überhaupt noch gelesen? Bei manchen stehen die wohl nur im Regal rum, vor allem die Koch- und Bastelbücher oder die Lebenshilfebibeln!"

„Na, liebe Mama, du musst es ja wissen," fährt Lieschen dazwischen, „bei deinen Buchbeständen im Wandregal!" „Bei mir stehen die aber nicht nur als Deko und Staubfänger rum, meine Liebe. Die meisten habe ich gelesen oder es sind Nachschlagewerke." So, so - Nachschlagewerke, also so was wie dieses komische *Google* nur in Papierform. *Total überholt, Oma, völlig uncool* würde Fritzchen jetzt wahrscheinlich sagen. Der kennt sich da schon bestens aus! Lieschen sowieso! Und ich ... ? Hm!

Ich, ich habe übrigens gerade mein Zweitbuch bekommen! Jawoll, zum Geburtstag. Irgendwas mit *Hackevoll und Kneipenwitze*! Spaßig. Zumindest die ersten zwei, drei Seiten. Weiter bin ich noch nicht gekommen! ... Streng genommen habe ich es mit dem Bücherlesen tatsächlich nicht so. Mir reicht meine tägliche Schlagzeile und da bin ich nicht alleine. Muss mich das jetzt beunruhigen? Bin ich deswegen ungebildet? Nun denn, ... ich bin mir da nicht wirklich sicher.

„Du weißt doch, was die letztens berichtet haben zur Buchmesse: ein Viertel von uns Deutschen lesen noch nicht mal ein Buch pro Jahr," „Was heißt hier pro Jahr? Bei Michel pro Jahrzehnt!" Lieschen lacht mich an. Jetzt ist es raus und offiziell: Michel, der Lesemuffel! Ich zucke mit den Schultern und verlasse beleidigt die Küche und damit diese merkwürdige Gesprächsrunde. Liegt vielleicht am Eierlikör!

Sind wir Lesemuffel denn automatisch ungebildet, weniger gebildet als die Leseratten? Doof ... wer beurteilt das eigentlich? Und überhaupt: was hat das Bücherlesen mit unserem Bildungssystem und

Fritzchens Schule zu tun? Laut Schlagzeilen bleiben auch beim Lesen die Asiaten und die Finnen ganz vorne. Zum Kuckkuck, wieso ausgerechnet immer die? Vielleicht haben die mehr und jüngere, vielleicht sogar besser bezahlte Lehrer oder so. Bei uns versauen bestimmt die vielen kleinen Ausländer diese Lesenummer. Die können nicht mal richtig Deutsch. Schlecht für den Schnitt im Lesen! Nehme ich mal an. Himmel noch mal, wen interessiert 's eigentlich?

Bei all dem kommt mir in den Sinn, dass Opa immer gesagt hat: mein lieber Junge, du kannst zur Schule und in die Lehre gehen, aber was du da lernst, ist nicht Alles. Wir lernen schließlich ein Leben lang und zwar täglich! Ja, ja der Opa. Der war im Krieg und so. Der wusste, wo es lang geht! Er hat immer viel erzählt und dabei haben wir auch viel gelernt, über das Leben und die Umstände. Also lernen ohne Schule und Betrieb, wo der Chef die Weiterbildung verordnet. Wie ich das mit dem Abseits gelernt habe, war das auch was für 's Leben, zumindest das fußballerische. Viele haben das bis heute nicht kapiert, das mit dem Abseits. Einige davon sind sogar Schiedsrichter geworden. Schon mal gemerkt?


Verrückt! Gell, würd Paul vermutlich sagen! Wir werden gebildet so quasi vollautomatisch, toll! Praxis halt! Ich sag 's ja immer wieder! Viele Menschen, vielleicht sogar die meisten, stellen nach der Schule, so wie ich auch, erstaunt fest, dass sie dort wenig bis nichts für 's praktische Leben gelernt haben!

Das ist vermutlich gar keine Bildung, sondern Erfahrung! Genau: Erfahrungen! Die machen wir ja schon beim *Mensch-ärgere-Dich-nicht*. Genauso wie beim Radfahren oder unkontrolliertem Komasaufen. Ok, bei letzterem vielleicht einige nicht, also die Wiederholungskomatrinker. Aber sonst schon. Nur für diese Art des tagtäglichen Erfahrens gibt es weder komplizierte Ausbildungssysteme inklusive Schulpsychologen noch Pisastudien und schon gar keine Kultusminister. Iss auch nicht nach Fächern sortiert. Da müssen wir schon selber ran. So ganzheitlich mit allen Sinnen erfahren. Kein Problem beim Komasaufen und dem Erleben der anschließenden Kopfschmerzen!

Liebe Leute, es ist also völlig normal, dass wir immer lernen und nie aus. Lernen, erfahren, verstehen. Lebenslang und quasi nebenbei. Schon als Babys fangen wir damit an. Machen uns ein Bild von unserem Drumherum. Bild und Bildung – hängt doch irgendwie zusammen, scheint mir. Wir schauen uns die Verhaltensweisen unserer Großeltern, unserer Eltern und anderer lieber Mitmenschen um uns herum an. Quasi die Verhaltensweisen unserer *Vorleber* - klingt irgendwie fies – daher wohl besser *Vorbilder* und lernen, lernen, lernen, was das Zeug hält. So habe ich zumindest den Opa immer verstanden und so erklär ich mir auch meinen Hang zum Praktischen und weniger zum Buch.

Während ich noch so vor mich hindenke, bin ich durch den kleinen Flur zu Fritzchen ins Zimmer geschlendert und schaue ihm über die Schulter. Das beherrscht er, diese Playstation oder wie das Ding heißt. Wechselt ja ständig den Namen, das Ding. Da spielt er ganze Bundesligaspielpläne ab. Toll, wie das heute so geht! Ich schau bewundernd zu. Das kann ich nicht so. Achtung, ist er jetzt mein Vorbild?! Lieschen meint ja immer, das fördert die Konzentration, diese Gedaddel. Aber so richtig glauben kann ich das nicht.

Fritzchen ist jedenfalls stolz, dass er an dieser Daddelmaschine mehr kann als Lieschen und ich zusammen. Wir spielen dann lieber Mau-Mau oder Herzblättchen.

„Na, da ist er aber fit drin – woll?" Rita steht auf einmal hinter mir. War wohl zwischenzeitlich zur Inspektion auf dem Gäste WC. Kaffee und Eierlikör fordern ihre Opfer! „Da staunste - oder, ich kann das nicht", meine ich nur so und Fritzchen schau kurz über die Schulter und grinst.

„Tja, in der Schule lernen die den Umgang mit Computern jedenfalls kaum. Technische Ausstattung, entsprechend ausgebildetes Lehrpersonal, Computer als Bestandteil der Lernwelt ... das kannst du in Deutschland immer noch weitestgehend vergessen. Da sind uns die meisten Länder weit überlegen. Aber was anderes: wie ist denn deine Meinung zu der Entscheidung Gesamtschule?" fragt sie. „Also weißt du, ich war ja nun mal keine schulische Leuchte. Fritzchen würde wohl sagen, ich war der *Alpha-Kevin*!" ... breites Grinsen im Gesicht gegenüber ... „Was anpacken, bodenständiges Werkeln dazu hat es aber immer gereicht und das nicht schlecht! Aber was da heute so los ist mit unseren Schulen. Da weiß man ja nie so richtig, wo man dran ist. Mal links rum und mal rechts rum. Je nach Partei, Bundesland und Regierung. Da steht der Schüler im Mittelpunkt, aber leider somit allen im Weg! Zu dumm! Er ist vermutlich der einzige der stört im Bildungssystem! Mal schnelles Abitur, mal langsames, mal mit Ganzsatzmethode und Mengenlehre! Am besten ohne Leistungsdruck und dann doch wieder ganz anders. Kopfnoten, gar keine Noten, Sitzenbleiben oder nicht - sprich: Leistungsdruck oder keiner. Motto: Alles muss doch mal probiert werden. Sonst bleiben wir weltweit hinten dran! Weiß ich alles vom Schwiegervadder. Und so Sachen, wie du sie gerade erwähnt hast, mit den Computern und so, die kommen dann als neue Schwachpunkte noch dazu. Ab und zu in der Urlaubszeit steht dazu sogar mal was in der Zeitung. So wie beim Klimawandel: Sommerloch und gerade keine Flüchtlinge, keine Eurokrise oder auf Krawall gebürstete ausländische Präsidenten. Wir müssen uns rauswurschteln aus dem Pisa-Mittelfeld, heißt es dann. Unsere Kinder und Kindeskinder werden das sicher verkraften. Blickst du denn da noch durch? Das ist ein riesiges Labor und unsere Kinder sind anscheinend die weißen Ratten! Gibt es eigentlich eine Qualitätssicherung für dieses ganze Durcheinander – so wie bei uns im Betrieb?" Ja, genau, wer benotet die Notengeber? Mir geht gerade etwas der Gaul durch und Rita scheint kurzfristig sprachlos zu sein.

„Du, und ungerecht ist es am Ende auch noch!" Packe ich jetzt noch drauf. „Die Arzttochter und der Architektensohn haben doch sowieso mehr Chancen als unser Fritzchen. Denn wenn es bei denen nicht so klappt, bekommen sie teure Nachhilfe bis zum Umfallen oder sie gehen gleich auf 's Internat! Am Geld soll es ja schließlich nicht scheitern, nich wahr!"

Rita hebt die Augenbrauen. Kann sie gut! Dann sieht sie irgendwie schlau aus, schlauer jedenfalls als sie glaubt, zu sein! Jetzt kommt bestimmt wieder eine Kita – Weisheit. Und richtig: „Weißt du, die Prägung unseres Gehirns entscheidet sich in den ersten fünf Lebensjahren – nicht in der Schule oder im teuren Internat! Für unser späteres Denk- und Lernvermögen sind also wir in der Kita und im Kindergarten mitverantwortlich und nicht nur die Familie, deren Status oder Vermögen." „Aha!" sag ich so. „Am besten also gleich nach Durchtrennung der Nabelschnur, ab in die Kita! Oder wie? Einfach großartig!" „Stimmt genau, so ist es, mein lieber Michel, man weiß ja schließlich nie, was für Vorbilder so rumlaufen, die ihren Kindern quasi noch in den Windeln völlig falsche Hirnprägungen verpassen!" Sie muss jetzt wohl zwangsläufig grinsen. Hat sie was zum Lachen gesagt? „Und du willst doch wohl jetzt nicht sagen, dass Fritzchen in einem schlechten Zuhause groß wird, Michel, oder?" „Nein schlecht nicht, aber weniger finanzkräftig!" Also aufgepasst: jedem die gleiche Chance – dem einen mehr, dem anderen weniger. Hat während der Lehre auch unser Meister immer so gesagt! So was bleibt eben hängen! Aus der Praxis für die Praxis!

Rita weiß offenbar wovon sie redet: „Die Kinder in sozial schwacher, sogenannter bildungsfernen Umgebung, also jetzt mal Klartext, lieber Michel, in einer völlig abgewrackten Herkunftsfamilie haben kaum eine echte Chance, mal ein wohlgebildeter Generaldirektor zu werden." Tzzz, unser Fritzchen auch nicht, liebe Rita, der auch nicht! Muss aber auch nicht sein. Beiläufiger Gedanke ... „Nur jeder zehnte Student kommt bei uns aus sozial schwachen Familien. Das empfinde ich ganz persönlich als ungerecht!" Tja, aber so mancher Student landet beim Taxifahren, nix Generaldirektor. Iss doch so! Soll ich jetzt mit einstimmen in dieses Klagelied zur Gerechtigkeit? Ich halte lieber meinen Mund jetzt, nicke und schaue noch Mal durch den Türrahmen zu Fritzchens Bildschirm, wo gerade der Ball im Tor landet. Haben Lehrer tatsächlich davon genauso wenig Ahnung wie ich? Hm ...

Generaldirektor – das ich nicht lache. Was ist schon gerecht? Hat nicht jeder auch das Recht, sich und seine Nachkommen verblöden zu lassen? Halt, falsch! Geht gar nicht! Man denke an unsere Kultur! Wie war das: Dichter und Denker und natürlich unseren Wohlstand! Mir kommt dabei mal wieder Ullis bedingungsloses Grundeinkommen in den Sinn. Alles ist so kompliziert, alles hängt irgendwie zusammen. Aber was soll 's!

Rita strebt zurück in unsere Küche und ich fragt noch so hintendrein: „Und was ist dann deiner Meinung nach die Folge dieser Ungerechtigkeit, Rita?" – es interessiert mich zwar nicht wirklich, aber macht bestimmt Eindruck, so ne Frage. Rita dreht sich lächelnd um:

„Ach, interessiert es dich doch, mein Lieber! Ich finde, jeder sollte die gleiche Chance haben, egal, ob arm oder reich! Und weißt du was einst Kennedy", ... kenn ich: unser amerikanischer Lieblingspräsident! So schießt es mir durch den Kopf. Oder ist das jetzt dieser Obama? „ ... dazu gesagt hat?" ... bestimmt meint sie jetzt nicht: *ich bin ein Berliner* ... „Nö!" „Er hat gesagt: nur eins ist teurer als Bildung: keine Bildung! Und warum? Weil Bildungslose uns zukünftig lebenslang auf der Tasche liegen. So richtig fett in der sozialen Hängematte! Also besser frühzeitig drum kümmern." Sprach 's und verschwindet wieder zu Lieschen in die Küche. Gelächter dort. Der Eierlikör scheint echte Wirkung zu entfalten!

Da merkt man doch gleich auch bei der Rita die Bildung. Nur Gebildete machen sich echte Sorgen um die Bildung, scheint mir. Die Rita hatte Schwein und es aus ihrer Arbeiterfamilie geschafft. Sogar Abitur! Und nun leitet sie eine Kita! Diplomsozialpädagogin schimpft sie sich. Zungenbrecher! Leitende Position! Minikarriere nennt man das wohl. Meine Herrschaften! Die, diese *Kindergartenmädels*, Männer sieht man in Kitas ja eher selten, die sind doch auch alle überfordert! Liest man ständig. Besonders im Gewerkschaftsblättchen: völlig unterbezahlt, falsch ausgebildet und so weiter. Da haben wir es wieder: Bildung gleich Ausbildung! Mann oh Mann, wirklich kein Thema für mich!

Fritzchen jubelt gerade, weil er auf der Daddelmaschine gewonnen hat und ich rufe in Richtung Küche: „Bin mal eben im Keller, Getränkenachschub. Wann essen wir eigentlich, Lieschen?" Ohne die Antwort abzuwarten bin ich schon die Tür raus und die Treppe runter.

Aber es geht mir irgendwie nicht aus dem Kopf: arm gleich chancenlos und dumm, reich gleich schlau und ein Leben voller Möglichkeiten? Ob Kinder aus weniger guten Elternhäusern tatsächlich ein wenig langsamer sind beim Denken? Hm, ... unter anderem wohl wegen dem verstärkten Stress: kein Taschengeld und keine Markenklamotten, also andauerndes Klassenmobbing! Aber deswegen sind diese Kinder doch nicht die geborenen Vollpfosten und sagen: *Papa iss Hartz vier, will ich später auch Mal*!

Ok, zugegeben: bei Fritzchen in der Klasse merkt man schon, dass Schüler mit Ärzten oder Beamten als Eltern von vorne herein anders angesehen werden. Das wird es wohl sein: Vorurteile! Fest gefahrene Meinungen oder diese Weltbilder, wie Paul immer zu sagen pflegt. Wie im richtigen Leben halt. Gerecht geht es später bei der Arbeit auch nicht zu. Ungerecht ist natürlich! Und für langsam Denkende haben die sowieso keine Zeit bei dem sogenannten Highspeed – Abi! Arbeiterfamilie hin oder her mit Fritzchen wird das sicher trotzdem klappen. Lieschen wird sich schon kümmern.


Auf dem Weg vom Keller zurück nach oben begegnet mir Paul auf der Treppe. „Hallo Paul, gerade hast du bei uns gefehlt!" „Hi, Michel, du, ich bin in Eile, aber warum?" „Als Lehrer und ausgewiesener Experte für das, was wir Bildung nennen – denke ich mal." „Na ja, was ist denn los." „Na, Fritzchen soll jetzt auf die Gesamtschule und nicht auf 's Gymnasium. Von da aus sind wir zusammen mit Schwiegermama und Rita auf unsere Bildung allgemein gestoßen. Jedem seine Bildung, gleich und gerecht! Geht aber gar nicht!" „Völlig richtig, so iss es, mein Lieber!" Aha – man merkt gleich: der Fachmann spricht!

„Hab ich früher auch mal gedacht, aber alles reine Theorie, die mich und die meisten meiner Kolleginnen und Kollegen nur noch nervt. Du ich hab aber jetzt keine Zeit." „Schon gut, mein Lieber, iss sowieso vorbei – die Diskussion. Die Mädels sind im Eierlikörrausch ..." Paul grinst ... „Eins noch dazu: ..." ... ich wusste es gleich, eilig hin oder her! Er kann 's nicht lassen! „ ... im Grunde geht es doch den Meisten bei Bildung um Ausbildung im Sinne von formatierter und standardisierter Wissensvermittlung. Und warum? Man soll schließlich wissen, wie was grundsätzlich funktioniert!" Genau, sag ich doch immer. Das ist die Praxis, wie funktioniert ein Motor oder die Lüftung und so weiter ...! „Wie das mit einer fremden Sprache geht, mit Mathematik oder den Naturwissenschaften, der Technik, aber auch im Handwerklichen! Alles in einen formatierten Trichter und ab damit in die Köpfe! Und wer nicht aus der Reihe tanzt, gute Noten bekommt, der ist der Gewinner! Es ist aber wie beim Spitzensport: einige sind quasi gedopt. Die kommen aus gut situiertem Haus oder sind zufällig geistige Überflieger!" Achtung: gutsituiert – reich oder was meint er jetzt? Keine Zeit zum Fragen! „Egal wie du es drehst oder wendest, gerecht ist anders! Und niemand kann das wirklich ändern! Wie auch, lieber Michel! Das System ist auf Gleichschaltung bei der Wissensvermittlung gestellt, aber nicht auf Bildungsgerechtigkeit!" Da hat er wohl mal wieder Recht und bringt es auf den Punkt, dieser Oberschlaue!

„Na, soweit so gut oder auch schlecht. Nur in regelmäßigen Abständen kommen neue Bildungspäpste und stellen das Ganze auf den Kopf und in Frage: wir brauchen mehr Bildung zur Förderung des Einzelnen, der Kreativität, Eigeninitiative und so weiter. Keine Scheinbildung sortiert nach Fächern und in Standards gepresst zum Auswendiglernen! Wir sollen mehr richtiges Weltverständnis vermitteln, ganzheitliche Lösungskompetenzen und so weiter! Das nächste Bildungsexperiment dämmert am Horizont!" Puh, jetzt hakt es bei mir wieder mit dem Mitkommen ... „Es geht um mehr Zutrauen, Selbstvertrauen und mehr Mut zu was Neuem, Einzigartigkeit. Das soll auf einmal gefördert werden. Aber, und jetzt kommt 's: das am besten wieder für alle gleich. Am besten noch mit den geistig und körperlich Behinderten zusammen! Huh, huh wir verpassen den Anschluss in der Welt! Michel, das ist eine Diskussion, die sich seit Jahrzehnten im Kreis dreht. Glaub es mir, jeder will da mitreden und es gibt keine ideale Lösung! Auch für euer pfiffiges Fritzchen nicht. Also halt die Ohren steif und einen gemütlichen Abend noch. Und tschüss!" Buah! Wie jetzt!

Weg ist er und lässt mich mit all den neuen Gedanken, dem

Halbverstandenen und den vollen Flaschen am langen Arm alleine mitten im Treppenhaus. Alpha-Kevin allein zu Haus! Ich grinse vor mich hin, während ich die nächsten Stufen erklimme! Und prompt kommt Schwiegermama mit Rita am langen Arm die Treppe runtergerumpelt. Bester Laune und laut kichernd. Ich schätze mal: nicht nur Fritzchens Zukunft, sondern die des gesamten Bildungssystems ist gerettet im Eierlikördunst! Und noch Mal: tschüss! Jo, tschüss ihr Beiden! Beinahe hätt ich *Ihr Hübschen* gesagt!


Hat er *pfiffiges Fritzchen* gesagt, der Paul. Er als Lehrer! Das freut mich. Die Katze beißt sich also in den Schwanz bei diesem Bildungsgedöns. Und jetzt sollen alle noch schlauer werden durch Einzelunterricht oder wie?! Mehr Selbstvertrauen für alle! Mehr Computer auch! Dann bleiben wir dran, am Rest der Ausbildungswelt! Also ich weiß nicht? Puh! Wo soll das bloß hinführen? Fachausbildung, Allgemeinbildung, gar keine Bildung! Wo leben wir eigentlich?

Es gibt Momente im Leben, da reicht es einem einfach! Ab zum Abendessen! So wichtig ist das ja nun alles auch wieder nicht. Man muss sich ja nicht dauernd den Kopf machen! Noch geht es uns schließlich gut in Deutschland. Bildung hin oder her, basta!

## Unsere Gesundheit

„Du les das mal hier: die chinesischen Kaiser sollen ihre Ärzte nur so lange bezahlt haben, solange sie selber, also die Kaiser gesund waren. Resultat: Kaiser krank, kein Geld für die Hofärzte!" So was muss man sich anhören, wenn man mal länger als ein paar Minuten im Wartezimmer beim Zahnarzt sitzt. Mann oh Mann, diese Zeitungen, die hier rum liegen, sollte man verbieten. Die beiden da mir gegenüber sind schon eine Zeitlang im Gespräch vertieft. Wir warten ja alle schon länger. Notfall, Schmerzpatient. Wir sind um Geduld gebeten worden. Termin hin oder her.

So, so die chinesischen Kaiser - man stelle sich diesen Ansatz mal übertragen auf uns vor. Geht das? Unser Gesundheitswesen, das große System mit Krankenkassen, Krankenhäusern und Ärzten, Pflegern, medizinischen Diensten, mit Apotheken und der Pharma- und mittlerweile auch der Nahrungsmittelindustrie, hm ... hab ich jemanden vergessen? Die verdienen sich doch dumm und dämlich vor allem dann, wenn wir krank sind oder es zumindest glauben, dass wir es sind. Und das nennt sich dann: *Gesundheitswesen*. Völlig daneben!

Nun legt die eine gegenüber aber los: „Ja stell dir das mal vor: unsere Ärzte bekommen nur Geld, so eine Art Prämie, wenn sie dafür sorgen, das wir mehr vorsorgen, uns mehr bewegen oder weniger Zucker vertilgen!" Na, das sagt die Richtige! Die sieht ja aus, als wäre sie dem Lied *Aber bitte mit Sahne* entsprungen, denke ich so. Klingt aber trotzdem interessant ... „Ja Gisela, genau," erwidert die andere. „Ungefähr jeder zweite bei uns soll ja übergewichtig sein. Männer mehr als Frauen!" Aha, wie immer diese Studien und Statistiken. Ich schau an mir runter und zähl: die eine gegenüber, also diese vollschlanke Gisela, dann die weniger Gewichtige, dann ich ... muss was dran sein, jeder Zweite!

„Wir Frauen achten wohl mehr drauf, meine Liebe – oder." Verständiges Gekicher, lacht die eine jetzt über sich selbst oder hat sie keinen Spiegel zu Hause, Herrschaftszeiten! Breites Grinsen und Nicken rundherum. Übergewicht, was heißt das schon? Manche sind doch auch krank und deshalb dick. Ist ja wohl nicht immer so einfach: falsches Futter und nur Rumsitzen gleich fett! Ich guck schon wieder auf mein etwas spack sitzendes Hemd rund um meine Körpermitte. Dabei sitzen wir beim Zahnarzt! Und Sitzen ist sowieso schlimmer als Rauchen. Langes Sitzen, früher sterben! Schlagzeilen bleiben halt hängen. Warum warten wir bei den Ärzten eigentlich nicht im Stehen? Auch ne Vorsorge!

„Nun sind wir doch mal ehrlich." Legt die eine, die Gisela, also die *Bittemitsahnetante* wieder los. „Ich hab zwar selber ein paar Gewichtsproblemchen," ... Problemchen iss wohl leicht untertrieben, meine Liebe, denk ich so. „ ... aber das mit unserer Ernährung ist doch ein Leid. Kaum einer kocht noch selber. Brauch mir doch nur meine Töchter anzuschauen. Die kochen doch nicht mehr! Fast Food Fans – alle!

Bestimmt leben mehr als die Hälfte von uns von Fertiggerichten und Tütensuppen. Da braucht man doch nur mal die Tiefkühltruhen im Supermarkt anzuschauen. Die sind doch heute dreimal so groß wie noch vor zehn Jahren." - Nun aber hoppla, ihre Töchter - was die wohl selber kocht jeden Tag, um so aus dem Leim zu gehen? Aber vielleicht hat sie weder Waage, noch Spiegel noch gute Freunde. Oder vielleicht doch ne Erbkrankheit. Das zieht immer und überall!

„In der Zeitung stand letztens, dass jeder fünfte der jüngeren Leute pro Woche mindestens einmal einen Burger oder Pommes, am besten *rot-weiß* mit Currywurst isst. Und wir essen alle viel zu hektisch. Tägliches Essen als lästige Nebensache und notwendiges Übel! Schnell was reinschieben, so zwischendurch, unkontrolliert. Klar wer schiebt schon gerne Hunger." Die andere stimmt mit ein: „Tja, iss wohl so inklusive Pralinen und so auf der Couch! Im heutigen Leben steht der schnelle Doseneintopf mit Geschmacksverstärkern deutlich vor dem selbst gemachten Gemüseauflauf. Kochen hält nur auf. Da helfen auch keine Kochshows! Immer Essen auf Rädern, aber etwas anders, quasi: *Essen to go* – im Vorbeigehen sozusagen! Oder im Vorbeifahren: *drive mol widder in*! Heißt das bei mir zu Hause auf friesisch!" Allgemeines Gelächter und Geschmunsel!

Mir wird allerdings leicht schwummrig. Oh je, wenn ich so an mich selbst und meine Gewohnheiten denke. Lieschen hält auch immer Vorträge zu diesen Kalorien und ungesunden Fetten. Ich hab die noch nie gesehen: diese Kalorien! Und Essen in Ruhe geht eh nur am Wochenende. Beim Grillen! Aber andererseits: habe ich die Spitze der Nahrungskette deswegen erklommen, um dann nur noch Gesundes langsam zu kauen? Leben die Franzosen mit ihrer allseits bekannten Esskultur wirklich besser und gesünder? Wer weiß? Da gibt es bestimmt mindestens eine Studie dazu! Egal, für mich als Normalesser: bewusster Essen iss vermutlich schon ein guter Schritt Richtung Gesundheitsvorsorge. Iss aber auch keine wirkliche Neuigkeit würd Lieschen jetzt sagen! War beim chinesischen Kaiser vermutlich auch so mit dem Essen. Damals! Obwohl, die Versprechen der Nahrungsmittelindustrie: weniger Zucker, weniger Salz, mehr Mineralien, alles Bio! Auch nicht immer richtig! Nahrungsmittelskandale lassen grüßen! Ob sich Mücken oder Regenwürmer um ihre Gesundheit und Ernährung auch solche Gedanken machen und wenn nicht, warum sind sie dann noch nicht ausgestorben?

Schau ich jetzt etwa schon wieder an mir runter? Grillen und Bierchen! Man sieht die Kalorien also doch! Das schlechte Gewissen ist geweckt. Aus der Kiste komm ich nicht mehr raus heute! Überhaupt die Sucht und ihre Herrschaft: zu viel trinken, essen, zu viel Fleisch, zu viel Süßes, rauchen, Rauschgift und Spielsucht! Aber hurra, wir leben noch! Und haben uns sogar in der Evolution durchgesetzt! Iss doch komisch, oder?

Warum steht eigentlich auf den Bierflaschen nicht dasselbe wie auf den Zigarettenpackungen? Iss Alkohol weniger schlimm als Nikotin? Man weiß et nich. Bierwerbung geht, Zigarettenwerbung gar nicht! Eigentlich Unsinn. Verbraucherschützer wo seid ihr?

Mit fällt ein: ob schon mal jemand geforscht hat, was diese *Todesnachrichten* auf den Packungen bringen. Wie viele Menschen rauchen deswegen weniger oder gar nicht mehr? Achtung, persönliche Behauptung: die abschreckenden Hinweise haben wahrscheinlich mehr Menschenleben verlängert als neue Medikamente. Großartig! Ich rauch ja auch schon ewig nicht mehr. Aber Geld verdienen können mit diesen Vorsorgehinweisen weder Doktoren noch Apotheker. Und die Tabakindustrie ... na, die erst recht nicht! Die Pharmaindustrie sowieso nicht! Warum trinke ich eigentlich so wenig Alkoholfreies? Weil Wasser zum Waschen da ist! Ich schmunzle vor mich hin. Und was iss mit Sport? Bloß nich! Sport iss Mord und Breitensport gleich Massenmord! Ob darüber schon Mal ein Amokläufer nachgedacht hat?

„Aber das mit den chinesischen Kaisern und ihren Ärzten ist schon ein spannender Gedanken. Vorsorge steht über Behandlung, gesund vor krank? Im heutige System würden also alle nur dann Geld bekommen, wenn ein gewisser Anteil der Bevölkerung gesund ist. Gesundheitsprämie für Ärzte und Krankenhäuser. Je weniger Menschen wöchentlich mit Bewegungsfaulheit, entsprechenden Kreuzschmerzen oder Übergewicht und Gelenkproblemen oder so was Neumodischem wie *burn out* im Wartezimmer eines Hausarztes sitzen würden, umso mehr Prämie." „Toll, klingt super, aber irgendwie utopisch!" meint die andere milde lächelnd. Genau, dem Himmel sei dank: utopisch! Puh, Glück gehabt! Bloß nicht zu Ende denken, das Ganze! Saublödes Thema, liebe Ladies von Gegenüber. Wo kämen wir denn da hin, jeden Tag Sport, kein Krankenschein wegen Rücken und so – ne, ne – besser nicht! Lasst mal bloß Alles so wie es ist.

„Der medizinische, also eigentlich der naturwissenschaftlich - technische Fortschritt ist aber trotzdem etwas, auf das wir nicht verzichten wollen. Auch wenn das alles verteuert." Mischt sich jetzt ein junger Schnösel von links ein. Student oder schon Geldverdiener, denk ich so. Ich schau auf die Uhr: schon fast eine halbe Stunde und diese Fachsimpelei wird jetzt wohl noch ausführlicher und aufdringlicher. Die gute Gisela schnäuzt sich! Ansteckungsgefahr im Wartezimmer! Achtung: wie in den Krankenhäusern mit ihren Hygieneproblemen! Böse Keime überall! Schlagzeile! Ob ich etwa rausgehen soll? Ist aber gefährlich, dann verlier ich meinen Platz auf der Warteliste – oder wie?

Die eine der beiden geschwätzigen Damen, also nicht Gisela dreht sich leicht nickend um: „Und je mehr man in uns hineinschauen kann, umso mehr stellt man fest – keiner ist mehr so richtig gesund." Genau! Wie war das doch gleich: ganz gesund ist auch krank. Nicht wir sind schuld, sondern die hochgezüchtete Medizintechnik, die feststellt, dass wir zu dick sind oder zu viel Zucker mit uns rumschleppen oder so. Sachen gibt es heute, von denen man vor zehn Jahren noch nicht

Mal wusste, wie sie geschrieben werden! Die Technik, diese Naturwissenschaft ist Schuld! Also soll sie uns auch gefälligst wieder gesund machen. Alles andere iss eh wurscht!

„Ja, ja", der Schnösel scheint ernsthaft darauf bedacht zu sein, am Wort zu bleiben. Alle Achtung bei gleich zwei Frauen! „Es wird nicht wirklich vorgesorgt, sondern reichlich dafür gesorgt, dass wir uns krank fühlen und zum Arzt rennen. Egal, wo man hinschaut Vorsorgehinweise und Appelle! Panikmache aller Ortens!" Nun muss ich schon wieder mitdenken. Vorsorgeuntersuchungen, das kenn ich. Geht man hin, schon ist man irgendwie krank. Zumindest mit Blick auf seinen Gesundheitszustand nachhaltig verunsichert. Und dann rennt man von einem Dok zum nächsten. Keiner kann zwar so richtig sagen, woran was liegt: zu hoher Blutdruck, Herzprobleme, Gelenke oder doch nur hormonell bedingte Schweißausbrüche. Auch Männer haben Wechseljahre! Lächerlich, die wollen doch keinen gesund machen, sondern jeder sein Schäfchen, sprich sein ärztliches Honorar, ins Trockene bringen. Iss doch so! Ich werde aufgerufen. Auf einmal ist Ruhe alle schauen auf und die schöne Diskussion ist wohl zu Ende, zumindest für mich jetzt.


Auf einmal sitze ich meinem Schicksal gegenüber, meinem Zahnarzt! Dabei bin ich doch nur zur Nachkontrolle hier. Der kaputte Zahn ist doch schon raus! Trotzdem, ich befürchte Schlimmes. Er lächelt oder ist das hämisches Grinsen? ... „Na, dann wollen wir mal schauen" Beruhigen soll das? Ich nicke nur, ich Opfer! Mein Blick fällt auf ein Plakat an der Wand: kranke Zähne, kranker Kreislauf! Kein Risiko eingehen! Was sagte Paul jüngst: wir die Nullrisikofanatiker oder so!

Wie auf der Zigarettenpackung: gezielte Angstmache an jeder Ecke! Überall Hinweise und Nachrichten zu irgendwelchen Schmerzen. Auch die, die wir noch gar nicht haben. Die kommen aber ganz sicher: beim Älterwerden! Hinweise zu Allem was man eigentlich an sich und um einen herum bisher gar nicht so richtig wahrgenommen hat. Auf einmal sind sie aber da und sie sind sofort lebensbedrohlich! *Der eingebildete Kranke* oder wie war das? Drückt da nicht was in der Seite? Ok, das ist jetzt die Lehne vom Zahnarztstuhl.

Mein Lieschen kommt auch immer damit: Ernährungsfehler, Luftverschmutzung und diese komischen Bakterien, denen kein Medikament was anhaben kann. Wie bei Krebs oder Aids, da hilft ja auch nichts! Prächtig, prächtig, alles immer inklusive! Wenn man Alles ernst nimmt, darf man sicher weder was essen noch trinken. Es ist überall was drin, was Krebs macht oder so. Und Atmen? Das Atmen sollte man bei dieser Luft da draußen vermutlich sowieso einstellen. Aber das wäre dann irgendwie auf Dauer schlecht. Außer gegen den Klimawandel, weil weniger Kohlendioxid! Gedankenblitz! Schon mal drüber nachgedacht: Leben kann auch die beste Medizin nicht retten, nur verlängern!

Nachlesen kannst du das Alles! Na wo? In der beliebtesten aller deutschen Zeitungen, mit der Lieschen dann immer wedelt: die aus der Apotheke. Die hat bestimmt deutlich mehr Leser als meine meinungsbildende Frühstückszeitung! Denn sonst würden die Schlangen in der Apotheke kleiner sein und die Wartezimmer leerer! Ganz bestimmt! Und dann noch die ganze Werbung. Zu jeder Gesundheitskatastrophe der passende Werbespot mit dem passenden Medikament. Da gibt 's doch was von *Tralala und Soundso*. ... Ich hör da ja meist nicht richtig hin und nutze die Werbepause zur Sicherstellung des Trinkvorrats auf dem Couchtisch oder für das Beischaffen der neuen Tüte Chips! Aber man kann sich diesem Palaver auf Dauer nicht entziehen. Nehmen sie einfach Eins-Zwei-Drei und ihr Herzinfarktrisiko iss vorbei! Und ansonsten einfach seinen Arzt oder Apotheker fragen oder vielleicht doch besser schlagen! Grins ... Und das Ende vom Lied: Überfüllung im Apothekerschrank. Lieschen sorgt sich und ich soll den ganzen Kram dann auch noch nehmen. Tu ich aber nicht! Hilft aber nicht! Die Medikamente werden peinlichst nach Ablaufdatum entsorgt und zwar jede Menge jährlich! Und dann geht das Alles wieder von Vorne los. Bitter! Für die Haushaltskasse! Natürlich nicht für die, die die Medikamente herstellen und verkaufen!

„Das sieht ja gut aus", weckt mich mein Zahnarzt aus meiner Gedankenwelt. „Aber die nächsten Tage sollten Sie noch was gegen mögliche Schmerzen zu Hause haben. Ich hab ihnen da schon mal was aufgeschrieben!" Genau, so läuft 's! Wer fragt eigentlich den Patienten? Ich hab keine Schmerzen, will ich noch sagen, aber da ist er schon raus und beim Nächsten im Nachbarzimmer. Die junge Dame mit dem Mundschutz neben mir lächelt mich irgendwie verständnisvoll an und reicht mir einen Becher: „Wollen Sie mal ausspülen?" Bloß weg hier!

„Warten Sie bitte noch auf das Rezept." Schallt es freundlich hinter mir her und: „Es dauert auch nicht lange!" Das will ich doch hoffen! Jawoll! Und so sitze prompt wieder im Wartezimmer. Dort ist der Kreis der Wartenden etwas geschrumpft. Der junge Schnösel und die eine Lady sind allerdings noch im Gespräch vertieft und zwar so richtig tief.


„Bei uns in Deutschland geht jeder durchschnittlich über fünfzehn Mal im Jahr zum Arzt." Wie bitte? Jetzt fang ich mal an zu rechnen. Man stelle sich nur mal vor: durchschnittlich! Paul von nebenan geht sicherlich nur maximal ein- bis zweimal, Vorsorge für die Zähne inklusive. Mein Lieschen gleich das dann locker wieder aus. So ein bis zwei Mal im Monat. Und ich lieg so ziemlich dran am Durchschnitt. Scheint ja wohl zu stimmen – diese Zahl! Aber unsere *Götter in Weiß* müssen ja schließlich was zu tun haben. Haben ja elendig lang studiert und erwarten anschließend die dicke Kohle.

„Sie, da habe ich letztens was im Fernsehen gesehen", entgegnet die Diskussionsfreudige von gegenüber und schaut den schon fast aufgeregt wirkenden Schnösel mit mütterlich lächelnden Augen an.

Das darf sie auch, denn auf den ersten Blick geschätzt ist sie mindestens doppelt so alt. Und das, obwohl sie sicher zu den *Du-darfst-nicht–alt-aussehen-Typen* gehört: Schminken als Kunst Alter zu verdecken!

„Auf etwa zweihundertfünfzig Einwohner kommt bei uns ein Arzt, haben die berichtet." Blitzerinnerung an einen Stammtischspruch: Wunder dich nicht über die unzähligen Krankheiten, zähle lieber die Ärzte!

„Also", fährt sie fort, hebt den Finger und beugt sich dabei ein wenig vor, „weit über dreihunderttausend Doktores, junger Mann, wussten Sie das? Und die meisten Krankenhausbetten in Europa! Manche meinen sogar zu viele! Etwa ein Drittel soll immer leer stehen. Man kann es kaum glauben! Wir sind offenbar gut versorgt – oder was meinen sie? Da darf man ja eigentlich gar nicht klagen?"

„Nun ja, dieses ganze Gesundheitssystem ist ein großer Wirtschaftsfaktor mit über fünf Millionen Beschäftigten. Nicht nur Ärzte und Krankenhäuser! Die Wartezimmer sind voll und es wird immer teurer. Über viertausend Euro pro Jahr pro Nase geben wir in Deutschland für unser Gesundsein aus. Bei über achtzig Millionen Menschen kommt da ordentlich was zusammen. Tendenz: weiter steigend!" Der junge Mensch scheint vom Fach zu kommen! Studiert vielleicht sogar irgendwas mit Wirtschaft oder so was? Denn wer weiß denn sonst so was?

„Und wenn man Untersuchungen glauben kann, sind wir sogar noch unterversorgt, beispielsweise bei der Verteilung der Hausärzte auf dem platten Land. Ja, und genau da ist das Gefühl der Unterversorgung sogar gut nachvollziehbar. Bei uns rennen manche schon zum Arzt, eben genau zu dem knapp gewordenen Hausarzt, um sich ein Pflaster verschreiben zu lassen. Wer hockt denn in den Wartezimmern. Ein Zwicken hier und ein Zwacken da. Ab zum Dok! Nur um die nächsten zwei und drei Wochen krank feiern zu können." Das iss aber jetzt sehr einseitig! Meint der etwa mich, wenn ich mal auf Schein frei machen will? „Oder vielleicht sogar aus Langeweile! Die Anzahl der Arztbesuche pro Jahr ist da wohl wenig überraschend. Die Anzahl der Ärzte aber auch nicht." Hab ich 's doch gleich gewusst!

„Ein gut bezahlter und gefragter Job. Je spezialisierter, umso besser – möchte man meinen. Die Hausärzte aber stehen fast am Ende der Einkommenskette und müssen sich mit allem Möglichen rumschlagen. Kein Wunder, dass die knapp werden. Und noch ein Punkt: laut Zeitung fühlen sich mehr als zehn Prozent der Deutschen chronisch krank und müssen daher zwingend regelmäßig zum Arzt ..." Aha, jetzt haben sie mich am Schlawickel! Mein immer wieder auftauchendes dickes Knie zerstört ohnehin jede Statistik. Aber was es ist, bekommen wohl all die schlauen Weißkittel nicht so richtig raus. Fehldiagnosen, sag ich nur, Fehldiagnosen wo du hinschaust!

„ ... und immer mehr bilden sich ihre Beschwerden nur ein. Ist kein Wunder: achten sie doch mal aufmerksam auf unsere Nachrichten." ... er sieht jetzt seine Gegenüber sehr eindringlich an ... „Ein neues Wehwehchen wird in die Welt gesetzt und was wohl? ... Der Umsatz der Apotheken und Pharmaindustrie steigt. Die Wehwehchen werden zur drohenden weltumspannenden Seuche ausgerufen, aber unsere Versorgung mit Impfstoffen steht. Wir, die besorgten Bürger, sind versorgt. Die Gesundheitspolitik hat es mal wieder gerichtet, ihre Pflicht und Schuldigkeit getan. Gott oder soll ich sagen der Pharmalobby sei Dank! Egal was es kostet und ob es zweckmäßig und sinnvoll ist – wer fragt schon später danach?"

Bum, das hat aber jetzt gesessen! Die gezupften Augenbrauen der mütterlich wirkenden Lady gehen in die Höhe! Stirnrunzeln und Kopfschütteln rundherum! Der Schnösel kommt nun von Hölzchen auf 's Stöckchen und schimpft wie ein Rohrspatz vor sich hin. Nicht mehr zitierfähig! Im nächsten Moment sitzt er allerdings völlig verdutzt alleine da. „Der Nächste bitte!" hallt es durch den Flur und der kleine halböffentliche Wortwechsel ist auf einen Schlag beendet. Die ältere Dame verschwindet kopfschüttelnd in eins der Behandlungszimmer und mein Rezept ist auch fertig. Auf geht 's zur Apotheke. Ich hab ja Zeit. Hab mich für den ganzen Tag abgemeldet.


Ich bin allerdings schon ein wenig nachdenklich geworden. Wird uns da ständig was eingeredet? Vermuten kann man so was ja: immer mehr Krankheiten, immer mehr Beschwerden gleich immer mehr Behandlungen und Medikamente! So ähnlich stand das ja auch letzthin wieder mal in der Zeitung: Medikamentenkonsum gegen Depression hat sich verdreifacht! Nun ja, innerhalb von fünfzehn Jahren stand dann deutlich kleiner da drunter. Sind wir wirklich so depressiv geworden oder redet man uns das nur ein? Bei mir hat das bisher nicht geklappt. Aber mit meinem Gewicht ist das ja auch so. Herzinfarkt droht ständig! Brauch ich dauernd Medikamente oder sollte ich einfach anders essen und statt Fußball gucken, selber sportlich aktiv werden? Damit kann aber dann kein Pharmakonzern oder Krankenhaus Geld verdienen? Hatten wir schon! Von wegen *Gesundheitssystem*, *Krankseinsystem* scheint treffender.

Während ich so vor mich hindenke, steh ich schon in der Apotheke. Ja, was ist denn hier los? Morgens um 11.00 Schlage stehen! Iss ja nicht wahr – oder? Auch hier: medizinischer Fortschritt, mehr Leistung, mehr Mittelchen, mehr Nachfrage. Mütter mit ihrem hustenden nölenden Nachwuchs und jede Menge Grauhaarige stehen hier in Dreierreihe rum und warten. Von wegen Ende des Kapitalismus und Grenzen des Wachstums: hier glüht die Kasse!

Vor mir unterhalten sich zwei Wartende. Erkennbare Sparte: Ruheständler! Thema kaum überraschend: ihre gesundheitliche Lage! „Du, ständig muss ich diese Tabletten hier schlucken. Das jedenfalls sagt meine Ärztin. Seit Jahren schon. Aber besser wird es nicht." „Also Josef, in unserem Alter wird nichts mehr wirklich besser!" entgegnet sein Gegenüber und lächelt verschmitzt. Ich muss an Opa denken! „Mach dir bloß keine Gedanken zu den paar Pillen. Wir Alten sind doch sowieso diejenigen, die die meisten Behandlungskosten verursachen. Wir Alten und die Dauer- und Schwerkranken. Das ist aber sowieso häufig deckungsgleich. Siehst du ja bei mir zu Hause. Marlies ist ja so ein Fall! Mein Hausarzt meinte letztens, dass er gespannt ist, wie lange unser System das noch durchhält. Die Bevölkerung wird immer älter und die über Fünfundsechzigjährigen verursachen schon jetzt die Hälfte der Kosten im gesamten Gesundheitssystem. Je älter umso teurer. Wer soll das denn noch bezahlen?" „Ja, ja, mein Lieber," nickt der andere, also der Josef, „unseren Kindern, aber ganz sicher unseren Enkeln und Urenkeln wird das Ganze noch reichlich um die Ohren fliegen. Im Bereich der Altenpflege kommen wir ja schon heute kaum noch klar. Keiner scheint so richtig auf die Kosten und deren Gesamtentwicklung zu achten. Dafür achtet aber jeder peinlichst genau auf seinen eigenen wirtschaftlichen Vorteil. Wenn ich früher meinen Betrieb so geführt hätte, wie das im Gesundheitssystem teilweise läuft, hätte ich heute sicherlich nicht ausgesorgt."

„Na ja, für dich und deine Familie als Privatversicherte ist die medizinische Versorgung ja ohnehin kein Thema – oder?" Es geht derweil einige Schritte vorwärts, in meiner Reihe sind noch drei vor mir. Nur Geduld, es wird schon. Aber, Momentchen mal, kommt da jetzt etwa im Rentnertalk vor mir das *Lieblingsschlagzeilenthema* der *Zwei-Klassen-Medizin* hoch.

„Na, jetzt bloß nicht zu schnell denken." Was meint der nun bloß? „Du glaubst doch nicht wirklich, dass die Güte der medizinischen

Versorgung davon abhängt, ob du gesetzlich versichert bist, was bei uns ja über fünfzig Millionen sind, oder privat. Das ist doch ein Märchen, klingt aber gut: Privatversicherte sind gutverdienende Elitäre, die selbstverständlich deswegen auch länger leben, weil sie besser behandelt werden." „Umgekehrt klingt noch besser: Pflichtversicherte sind arm und sterben früher!" Buah, jetzt iss aber gut – oder? Heißt das etwa Pflichtversicherte sind arm? Was soll das denn nun? Ich bin doch nicht arm. Hm, warum um Himmels Willen früher sterben? Was soll denn dieser Blödsinn?

Die beiden Alten grinsen sich fast schon schelmisch an. Ihnen scheint das alles nicht so ernst zu sein. Jetzt fällt mir auch noch der schlaue Politiker ein, letztens bei dieser komischen Sendung. Der hat doch wirklich behauptet, die Privatversicherten werden bei Organspenden bevorzugt. Na, wenn das wirklich stimmt. Dann wird mir so Vieles klar! Es geht wieder vorwärts in der Warteschlange!

„Dabei ist es wohl eher anders herum. Die gut Informierten und vielleicht Schlaueren sind sehr viel öfter der höheren Einkommensschicht zu zuordnen. Sie achten möglicherweise besser auf Ihre Gesundheit. Sie treiben mehr Sport und essen möglicherweise bewusster. Schließlich sind sie daher wohl im Durchschnitt gesünder. Und genau die gehören in großen Teilen zu den Privatversicherten. Denk mal drüber nach, mein Lieber." Während der ehemalige Betriebschef das seinem Gegenüber kundtut, zwinkert er mit dem Auge und lächelt wissend. Der andere nickt spontan. Und mir fällt dazu gar nichts mehr ein. Alles verdreht! Klingt aber nicht dumm, so irgendwie! Trotzdem für *arm und blöd und schneller tot* ist mir das etwas zu einfach! Bin ich etwa zu blöd, um abzunehmen? Und sterbe ich deswegen viel eher als zum Beispiel Nachbar Paul, unser Professorchen. Zugegeben, der schnürt seine Laufschuhe mindestens zwei bis drei Mal die Woche! Aber ich?

„Tja, und was sagte neulich mein Augenarzt zu mir, den ich schon ewig kenne: wenn die Privatpatienten nicht wären, könnte er sich die guten modernen Geräte überhaupt nicht leisten. Also, mein Lieber, du finanzierst quasi unsere Kassenbehandlung mit. Brauchst kein schlechtes Gewissen zu haben!"

„Genau, ich könnte mich ja auch auf den Standpunkt stellen: wer die höheren Abrechnungssätze bezahlt, hat auch das Anrecht auf bessere Leistungen. Tu ich aber nicht. Bin ja sowieso nur zwei bis dreimal pro Jahr beim Arzt. Dafür halt mehr im Wald und in den Bergen!"

Jetzt fällt mir der Durchschnitt von Arztbesuchen in Deutschland wieder ein. Dieser rüstige Ruheständler liegt offenbar völlig außerhalb der Norm! Das passt doch alles nicht zusammen. Ob da überhaupt noch jemand durchblickt? Überversorgung, Unterversorgung, zu viele Ärzte, aber zu wenige auf dem Land, zu viel Medizin, zu viel

Fortschritt, zu wenig Vorsorge und trotzdem zu langes Leben – ja was denn nun?

Jetzt ist der erste der beiden Alten dran. Bald ist es geschafft. Also das Gesundheitssystem ist schon irgendwie wie ein großer Wartesaal ... egal wo du hinkommst.

Während die junge dynamische Apothekerin in den hinteren Gängen der Apotheke mit dem Rezept von dem alten Knaben eins verschwindet, dreht dieser sich nochmals zu Ruheständler zwei um: „Du übrigens, das Medikament, das ich jetzt schon ein paar Jahre nehme, du weißt ja, der Blutdruck. Also das ist jetzt schon fast doppelt so teuer wie noch vor ein paar Jahren. Mein Enkel sagt aber, im Internet bekommt man das zum halben Preis. Man muss nur wissen wo und wie." „Da ist aber die Pharmalobby ganz gewaltig dagegen und die Apotheker stimmen mit ein." Kommt die sofortige Antwort. „Tja, gerade im Gesundheitswesen kämpft allerdings ansonsten so ziemlich jede Lobby gegen jede. Lobbyisten, wo du hinsiehst. Für Ärzte, Pfleger, Kassen, Pharma- und Medizintechnikindustrie, Forschung und so weiter, und so weiter. Selbst die Joghurt- und Müslihersteller mischen da schon mit. Schließlich kämpfen dann alle Lobbyisten zusammen, allerdings auf getrennten Wegen mit der Politik oder besser einer jeweils passenden Gesetzgebung. Die Politik ihrerseits macht den Eindruck, als blicke sie noch durch. Tut sie aber schon lange nicht mehr. Das selbst geschaffene überregulierte, ineffiziente und kostentreibende System frist seine

Erbauer." He, überreguliert und was heißt in dem Zusammenhang eigentlich ineffizient? Was heißt das genau? Ich komme mal wieder an meine Grenzen!

„Ja, da hast du wohl Recht, mein Lieber. Da kommen deine Pillen." Es wird bezahlt. Privatversicherter! Und die beiden verabschieden sich. Gleich bin ich dran.


Ob nun wirklich alle nur unser Wohl, das der Patienten wollen? Ich bin mir nach diesem Vormittag nicht mehr sicher! Wenn man denen glaubt, die da scheinbar etwas von verstehen, geht es vor allem ums Geschäft. Ums große Geld, das so mein Eindruck. Ist aber nicht ganz so neu! Sozial hin oder her, es geht schließlich um diese Zahlen mit den vielen Nullen, die Milliarden! Die hatte der Schnösel heute früh bei seiner Schimpferei zum Schluss auch schon erwähnt: irgendwas von dreihundert und x Milliarden pro Jahr Gesundheitsausgaben! Kein Wunder, dass wir bei dem Spiel um so viel Kohle eine politische Dauerbaustelle haben. Reform folgt Reförmchen und umgekehrt!

Die Katastrophe am Horizont, die unseren Kindern und Enkeln gemäß der Ruheständlereinschätzung von vorhin um die Ohren fliegen soll, heißt vermutlich *Leistungsreduzierung*. Es wird nur noch das gemacht, was man bezahlen kann! So ist das wohl in Amerika, glaub ich? Opa ist früher kaum zum Arzt gegangen. Aber zu diesen Zeiten wussten die Leute auch weniger über mögliche Wehwehchen und Krankheiten, die man sich einbilden kann. Von wegen zum Arzt! Ab auf die

Baustellen und in die Hände gespuckt. Aber was macht so eine Reduzierung von Leistungen eigentlich wirklich aus? Ist da nicht was mit zumindest teilweise nachgewiesener und vorhandener Überversorgung? Gleicht sich das nicht irgendwie aus? Merkwürdig Alles! Ein Nullsummenspiel oder wie das so schön heißt? Es wird wohl doch nicht soweit kommen, dass wir alle etwas weniger Medizin und dafür mehr eigenverantwortliche Gesundheitsvorsorge auf dem Tagesplan stehen haben. Wo kommen wir denn ansonsten hin in unserem Sozialstaat!? Weniger essen und mehr Bewegung! Das ist unsozial, sogar asozial!

Und der halbe Tag ist mit Warten vertan. Auch unsozial! Das war anders geplant. Jetzt aber ab nach Hause! Fritzchen ist bald da und wir wollen sein Fahrrad reparieren! Auf andere Gedanken kommen, nicht zu viele Sorgen machen. Zuviel Denken ist auch nicht immer von Vorteil für die Gesundheit und herrje, schließlich geht es uns grundsätzlich viel zu gut, auch gesundheitlich – oder? Und mein Knie hat sich auch schon eine ganze Zeit nicht mehr gemeldet. Na also!

## Unser Geld

„Wir brauchen Bargeld!" Herrschaftszeiten, da sitzt du gemütlich beim Frühstück und denkst an nichts Böses und schon geht es los: mach, tu – wir könnten mal, wir brauchen ... Fritzchen guckt mich grinsend, ja fast schon schlitzohrig an und Lieschen weiß genau, was sie meint.

„Wir fahren morgen und übermorgen in diesen Park. Da brauchen wir halt Bares, oder etwa nicht?" unterstreicht sie ihre Forderung. „Ja, ja schon verstanden." Brumme ich zurück. Beim Frühstück brauch ich meine Ruhe und meine Meinungsbildung per Zeitung. „Ich komme heute in der Stadt ja sowieso am Automaten vorbei und bring was mit."

„Wieso brauchen wir eigentlich Geld und wo kommt es überhaupt her?" fragt Fritzchen auf ein Mal wie aus heiterem Himmel. Herrje, und das zum Frühstück! Denkt denn keiner an meine Ruhe hier! Seit wann kümmert ihn denn so was? Sachkunde oder wie das gerade in der Schule so heißt?! Anders kann ich mir diesen Anfall von Neugier nicht erklären! Und der neue Lehrer hat wohl gesagt: fragt mal zu Hause! Weil keine Lust hat es selbst zu erklären und Lehrer generell ein gespanntes Verhältnis zu unserer Wirtschaft haben. Oder steckt hinter diesem Vorstoß etwa der kindlich tückische Versuch, mal wieder über das Taschengeld und dessen Höhe zu palavern? Pfiffig, unser Sohnemann hat Paul gesagt. Genau!

„Nun, weiß du ...," will ich gerade ausweichend antworten und das Thema rasch beenden. Da fährt mir Lieschen in die Parade: „Also Fritzchen, früher haben die Leute immer nur ihre Sachen getauscht, also so sechs Eier gegen einen Salat, drei Hühner gegen eine Kuh oder ein neues Hufeisen gegen ein paar neu genähte Klamotten. Tauschwirtschaft wurde das genannt!" „War das vor dem Krieg, in dem Uropa war?" „Lange davor!" Mein schwacher Versuch wieder ins Gespräch zu kommen. „Ja, sogar ein paar hundert Jahre davor, mein Lieber!" übersteuert Lieschen mich schon wieder. Ihr geballtes Realschulwissen soll uns nun wohl beeindrucken. Außerdem hat sie ja im Supermarkt täglich damit zu tun: mit ehemals Tauschgütern und jetzt dem Bargeld. Aber auch dort zahlen schon fast alle nur noch mit Karte. Tja, das Ende der Bargeldwirtschaft naht!

„Schon die Chinesen wie auch die alten Griechen und Römer kannten Münzen, also Geld als Zahlungsmittel." Schau an, die Chinesen mal wieder. Leider haben die Griechen und die Italiener es ja heute nicht mehr so mit dem Geld, mehr mit den Schulden! „Dennoch wurde bis zum Mittelalter noch sehr oft Ware gegen Ware getauscht." Lieschen kennt sich geschichtlich offenbar bestens aus. „Aber, mein liebes Fritzchen, dabei gab es eine Menge Probleme. Je größer die Tauschobjekte und die Tauschmenge wurden, umso schwieriger für die Tauschpartner. Bezahl mal eine Herde Kühe mit frischen Landeiern oder so." „Oder eine Ritterburg mit Fässern Wein oder Bier!" werfe ich schnell mal ein.

Fritzchen schaut uns entgeistert an. „Warum mussten denn die überhaupt immer tauschen?" „Tja, weißt du – der eine war Bauer, der nächste Kaufmann, noch ein anderer Schneider und so weiter! Nicht jeder hat Alles, was er zum Leben brauchte, selbst hergestellt oder herstellen können." „Ja, der Ritter hat seine Burg ja nicht selbst gebaut – kapiert!" „Siehst du, um diese Probleme zu lösen, hat man dann das Geld eingeführt. So quasi als Zwischentauschmittel! Erst nur in einigen Teilbereichen und dann schrittweise für alles, was man in Geld bewerten und umrechnen konnte." „Und deswegen haben wir heute Geld?" „Genau!" Auch Lieschen versucht nun das Thema zu Ende zu bringen. „Ja, aber wenn du und Papa keine Arbeit hättet, dann hätten wir doch gar kein Geld – oder?" Oje - ja, ja so ungefähr. Arbeit schafft Geld – man braucht 's halt. Es soll ja sogar beruhigen! Ohne Moos iss nun mal nix los oder im großen Stil *Geld regiert die Welt*! Schlaues Kerlchen, mein Sohnemann – jetzt bin ich gespannt. Gleichzeitig denke ich schon wieder an Ulli mit ihrer bedingungslosen Grundsicherung: man bekommt Geld, ob man nun Arbeit hat oder nicht!

Lieschen schaut mich an: „Ja, mein Sohn, so sieht es aus. Früher haben halt viele was hergestellt, was man dann direkt tauschen konnte, zum Beispiel auf dem Wochenmarkt. Oder man hat etwas geleistet zum Beispiel, Pferde füttern für eine Kutsche und durfte dafür direkt etwas essen. Leistung gegen Abendbrot sozusagen! Heute leisten wir was an anderer Stelle, unserem Arbeitsplatz und bekommen quasi einen Schuldschein, unser Geld, den wir dann anderswo, also zum Beispiel im Supermarkt gegen Lebensmittel eintauschen. Eine große Umverteilungsmaschine, unser Wirtschaftsleben!"

„Ja genau!" ruft unser kleiner Bursche. „Das ist einfach. So machen wir das manchmal mit unseren Murmeln und Fußballerbildchen auch. Die tauschen wir für was anderes. Die sind dann wie das Geld!" Na, wirklich einfach, Fußballbildchen als Ersatzwährung! Das hätten wir dann wohl mal abgehakt.


Ich komme allerdings ein wenig ins Grübeln. Mit Bargeld ist das ja noch einfach nachvollziehbar, wenn es mal aus dem Automaten in unseren Händen ist. Was aber ist mit dem ganzen Buchgeld, also dem, das wir nie so richtig greifen können und das nur von Konto zu Konto wandert? Stromrechung unserer Stadtwerke, Kreditkarte und so weiter: abgebucht – fertig! So von Konto zu Konto, von Kredit zu Kredit oder von Sparbuch zu Sparbuch. Tja, die Banken produzieren quasi Geld mit Krediten, ohne dass es irgendwie körperlich wirklich da sein muss. Schon merkwürdig. Bei unseren Staatsschulden müssen das ja riesige Geldmengen sein – oder? Da muss ich mal demnächst mit Ulli drüber reden.

„Tschüss, Lieschen, bin dann mal los," Fritzchen ist schon ein Paar Minuten vorher weg und nun mach ich mich auf die Socken. Die ersten Heizungswartungen warten schon auf mich. Bei der Rundtour werde ich mich dann um 's *Geldkaufen* am Automaten kümmern. Bloß nicht vergessen! Früher war das ja vor einem Wochenende schlimmer: feste Schalterstunden und so. Heute redest du ja nur noch mit Automaten. Hier haben wir ein prominentes Beispiel zu dem Thema Arbeits-übernahme durch Maschinen! Irgendwann werden die auch mit einem sprechen, bestimmt!

Freitag Vormittag – schnell vorbei! Da steh ich schon am Automaten und zähle die Scheinchen. Immer wieder ein gutes Gefühl. Bares ist Wahres! Das Zählen gefällt mir immer am besten bei den Sparkästchen in Willis Kneipe! Es ist Mittag und ich schau mich mal um. Für ein Tässchen Kaffee würde meine Pausenzeit ja noch reichen. Der nächste Kunde ist erst in einer Stunde dran und das Wetter spielt auch mit. Warum eigentlich nicht? Wechsel zur Eisdiele gegenüber. Kaum sitze ich und schlürfe meinen Cappuccino, also so ein Getränk mit italienischem Migrationshintergrund quasi, da setzen sich zwei junge Kerle in dunklem Zwirn und mit Krawatte an den Tisch neben mir. Die Mafia - ich ahne Böses ...

„Na, das war ja mal wieder ein Vormittag!" Beginnt der eine und lässt eine kleine Bestellung folgen – fix die Bedienung hier! Und dann weiter zu seinem Kollegen: „Ein Baudarlehen nach dem anderen. Aber den Leuten muss du jedes Mal das Gleiche erzählen." „Tja, warum hast du dir auch die Privatkundenabteilung ausgesucht. Bei meinen Geschäftskunden ist das ein wenig abwechslungsreicher." Entgegnet der andere. Also doch nicht Mafia und auch nicht, dass ich gerne lausche, schon gar nicht, wenn es ums liebe Geld geht, wie bei diesen beiden blutjungen Bankern. Aber wie soll ich jetzt weghören?

„Bei der Zinslage brummt es eben bei den Häuslebauern. Obwohl ich bei dem einen oder anderen schon glaube, in ein paar Jahren kommt das böse Erwachen. Jetzt zahlen die erst Mal nur ein paar Jahre die Zinsen. Aber was ist, wenn die Tilgungsraten dazukommen?" Jetzt wird es interessant! So ein Kredit ist halt nur geliehenes Geld – oder? Ob Mafia oder Bank. Alle wollen dann irgendwann das Geliehene wieder zurück und zwar mit diesen lästigen Zinsen, quasi die Gebühr für 's Leihen. Dabei war es ja meistens eigentlich gar nicht wirklich da, dieses Geld. Jedenfalls nicht gedruckt und zum Anfassen! Hm ...

„Ja meinst du denn, dass wäre bei den Handwerkerbetrieben mit ihren Krediten anders? Jetzt boomt alles, aber die haben oft Laufzeiten von zehn bis fünfzehn Jahren, die Kredite für Maschinen und so. Da kann schon mal einiges dazwischen kommen!" meint der andere. „Aber wir haben das ja im Griff. Über Zins, Zinseszins und Ausfallversicherungen! Ist doch so!?"

Aha, die Banken schnüren für sich wohl das Rundrum-Sorglospaket und wenn die Pleite gehen, springt sowieso der Staat mit unseren Steuergeldern ein. Kennen wir doch. So läuft das heute. Banken sind ... eh, wie war das noch gleich: systemrelevant! Und deswegen ist das alternativlos! So ne typische Politikfloskel! Kann man jetzt glauben oder auch nicht. Sowieso egal! Mir schmeckt der italienische Migrationskaffee grad nicht mehr so gut.

„Nun ja, aber denk mal an den Crash vor ein paar Jahren. Die

Geldwirtschaft hat sich zum Teil völlig losgelöst von der realen Wirt-schaft. Da muss man ja Absicherungen installieren. Es kann schon schnell noch mal wieder Bäng machen." Als wenn der meine Gedanken gelesen hätte! Die jungen Kerle sind mir ja fast sympathisch. Machen sich offenbar mal en Kopf um das ganze Drumherum.

„Nun ja, es sind ja nicht mehr wir, also wir mit unserer regio-nalen Bank oder die Banken überhaupt, die heutzutage die Masse des Geldes managen, mein Lieber ... „ jetzt werde ich ganz hellhörig ... „ ... sondern die weltweit agierenden riesigen Fondsgesellschaften. Schat-tenbanken, wenn man so will. Die haben viel mehr Geld zur Verfügung als die meisten Staaten auf dieser Welt. Über dreißig Billionen liest man so! Dort legen die Reichen an und werden ohne viel Risiko immer reicher, während der kleine Häuslebauer mit seinem Baudarlehen ganz schön schwitzt, wenn mit dem weltweiten Finanzkarussell etwas durcheinander kommt und die Zinsen verrückt spielen. Der hat halt keine breite Risikostreuung!" „Genau, selbst bei uns ist die soziale Marktwirtschaft auf dem Rückzug. Von wegen *sozial*. Richtig Geld in dieser reinen Geldwirtschaft machen die hohen Herrschaften, die obe-ren Zehntausend, die Superreichen! Sind zwar nur ein Prozent der Be-völkerung, aber besitzen über ein Drittel des nationalen Gesamtvermö-gens. Der pure Kapitalismus, sag ich dir! Und das kriegt keiner mehr so richtig mit! Da sind wir mit unseren Bankgeschäften und dem Schaffen von Buchgeld aus der Kreditwirtschaft ja die reinsten Weisenknaben dagegen."

Potz Blitz, ich denk, ich höre nicht richtig und das in der Mittagspause! Wer kontrolliert denn das? Das wollten die Politiker nach dieser blöden Finanzkrise so alles besser kontrollieren. Stand damals auf dem Titelblatt. Weiß ich noch ganz genau. Voll in die Hose gegangen, schätze ich! Kein Wunder, dass die Schere zwischen arm und reich immer weiter wächst. Auch das stand letztens in meiner Zeitung auf der ersten Seite. Und zu allem Überfluss zahlen diese Superreichen auch kaum Steuern! Machen sich so zu sagen global aus dem Staub. Steuergerechtigkeit: was ist das denn? Panama oder die Schweiz lassen grüßen und die Großverdiener dieser Welt grüßen lächelnd zurück. Sogar dieser Sportstars, ob Golf, Tennis, Fuß- oder Basketball, ist eh egal! Den sogenannten echten Fans scheint es übrigens wurscht zu sein, die zahlen ja fast jeden Preis! Live dabei sein, iss Alles. Allerdings immer häufiger verbunden mit dem Risiko zur Abwechslung mal von irgendwelchen bescheuerten Hooligans eine auf 's Maul zu bekommen. Weniger beim Golf, aber beim Fußball schon! Ich weiß, warum ich mir das lieber vor der Glotze aus anschaue! Aber auch da wird ja immer mehr abgezockt! Bezahlfernsehen sag ich nur!

Der zweite Jungbanker schüttelt derweil den Kopf: „Sozial ist das alles nicht mehr. Soll es möglicherweise auch gar nicht sein. Nicht nur weltweit, auch bei uns hier geht die Schere zwischen arm und reich immer weiter auseinander. Die Reichen haben keine Probleme noch reicher zu werden. Aber wer mal arm dran ist, der bleibt es auch. Besonders sind wohl die Familien mit vielen Kindern, Alleinerziehende und Menschen ohne Job oder zunehmend die Rentner, Stichwort, Altersarmut dran. Die sogenannte Armutsquote steigt angeblich ständig. Circa dreizehn Millionen Menschen sollen bei uns rein rechnerisch arm sein. Ich kann mir das gar nicht so richtig vorstellen. Schau dich doch mal hier auf dem Marktplatz um! Wer soll denn dazugehören?"

So, so denk ich vor mich hin. Aber was heißt schon arm? Wie sagte schon Opa: Lieber arm dran als Arm ab! „Rein rechnerisch, mein Lieber, genau das ist ja der springende Punkt!" ... oder das hüpfende Komma ... „In Deutschland gilt als arm, wer weniger als sechzig Prozent des mittleren Einkommens monatlich zur Verfügung hat. Für einen Alleinstehenden sind das derzeit wohl etwas weniger als tausend Euro. Übrigens, stellt dir mal vor, mein Lieber: wenn nun alle doppelt so viel verdienen würden wie heute, wären die Gleichen dann rechnerisch immer noch arm, auch wenn sie doppelt so viel Geld zur Verfügung hätten. Warum kommen denn so viele zu uns. Weltweit gesehen sind unsere Armen doch reich!"

„Nun ja," lenkt der andere wieder ein und ich komme schon wieder in 's Grübeln, „... das mit der Statistik und wie man was ableitet, ist ja immer ein großer Diskussionspunkt. Sicherlich ist es richtig, dass man nicht erst dann als arm gelten darf, wenn man bereits verelendet unter der Brücke. Man müsste aber mal die Frage beantworten: was braucht man wirklich zum Leben und was davon kann man sich mit diesen tausend Euro leisten? Also quasi als Messlatte die *Kaufkraftar-*

*mut*. Aber dann wird es noch komplizierter, weil du dir in München mit den tausend Euro eben weniger leisten kannst, als im Odenwald und so weiter, und so weiter. Diese ganze Diskussion ist in vollem Gange und gibt riesigen Raum für Spekulationen und politisches Gerumpel!" Davon hab ich aber gerad so rein gar nichts mitbekommen, denk ich so. Die letzte Schlagzeile dazu, an die ich mich dunkel erinnern kann, war die zum neuen Armutsbericht der Bundesregierung. Anlass war der Streit darüber, was drin stehen soll oder eben nicht. Iss auch politisches Gerumpel. Nur völlig nutzlos, scheint mir. Aber es iss schon eine Sauerei, dass man fünfundvierzig Jahre über zweitausend Euro im Monat verdienen muss, um über dieser komischen rechnerischen Armutsgrenze als Rentner zu landen. Die Rente ist halt sicher, nur mit der Höhe da hapert 's! Und die wohlhabende deutsche Mittelschicht verschwindet schrittweise. Wird jedenfalls an jeder Ecke behauptet?! Gehören Lieschen und ich eigentlich dazu? Irgendwie denk ich jetzt schon wieder an das bedingungslose Grundeinkommen. Na ja, ... die beiden Bankjungs sind jedenfalls noch voll in ihrer Mittagspausendiskussion: „ .... aber in Sachen Superreiche und purer Kapitalismus kannst du auch nicht alle über einen Kamm scheren!" höre ich von dem einen Anzugträger, der jetzt grad an seinem feinen Latte Macchiato, warum eigentlich nicht Milchkaffee, nippt.

„Mittlerweile engagieren sich ja einige diese Superreichen für eine ganze Reihe von sozialen Projekten weltweit. Also quasi aus dem

Smartphoneverkauf direkt zur Seuchenbekämpfung in Afrika oder sonst wo." „Mag ja sein, dass es das so ist, mein Lieber. Bei den vielen Stiftungen, die derzeit entstehen, hat du sicherlich teilweise Recht. Aber trotzdem kommen bei dieser losgelösten Geldwirtschaft das Gemeinwohl und der kleine Kreditnehmer in jedem Fall zu kurz. Gucken so zu sagen in die Röhre! Und wir wirken dabei kräftig mit. Von den fünf Billionen Euro, die so in Umlauf sein sollen, sind doch nur maximal ein bis zwei Milliarden wirklich in Scheinen und Münzen auf dem Markt. Der Rest ist Buchgeld zumeist entstanden aus unserer Kreditwirtschaft. Solange wir als Bank nur ein bis zwei Prozent einer Kreditsumme zur Absicherung derselben hinterlegen müssen, können wir doch ein Vielfaches dessen an Kreditsumme vergeben. Auch an Staaten. Wechsel auf die Zukunft, aber in dem Moment reine Erhöhung der Geldmenge. Also mischen wir doch weiter ganz schön mit bei deinem puren Kapitalismus. Oder wie siehst du das?" Aha, da haben wir es wieder! Milliarden, Billionen - wem wird da nicht schwindelig? Wie war das doch gleich mit den Nullen?

Ich hab es doch geahnt! Geld entsteht durch Schulden machen! Kredite, Kredite! Die ganze Welt lebt auf Pump. Scheint jedenfalls so! Griechenland sowieso und andere auch, insbesondere Amerika! Aber die können ja nicht Pleite gehen! Geld regiert nicht nur die Welt, sondern macht sie wohlmöglich alsbald kaputt – oder wie? Und abschaffen wollen sie das schöne Bargeld demnächst auch noch. Herrschaftszeiten!

Bloß nicht weiter hinhören oder drüber nachdenken. Wir kommen doch klar und um uns herum die meisten Anderen auch. Wie war das gerade: schau dich doch mal um auf dem Marktplatz! Uns geht es gut! Oder etwa nicht? Die Wirtschaft brummt! So schreibt meine Zeitung! Die paar Euro Kredit, die wir mit uns rumschleppen! Selbst unsere rein rechnerisch ermittelten Prokopfschulden, wenn man so will, unseren Vermögensanteil an unserem Heimatland, was macht das schon!? Schulden die unsere Kinder zahlen müssen! So ein Quatsch! Reine Theorie, das Alles! Und übrigens arm und reich: warum vergleich man sich eigentlich immer mit den Superreichen und nicht mit der viel größeren Menge der sehr viel Ärmeren auf dieser Welt. Also all die, die sich so ein ausgesuchtes fremdsprachig benanntes Kaffeeprodukt in der Mittagspause nicht leisten können!

Mein Mittagspausenkäffchen kann ich jedenfalls noch ganz gelassen bezahlen. Noch! Die Mittelschicht geht ja schließlich unter! Wahrscheinlich geht das so wie mit dem Waldsterben und dem Klimawandel. Man weiß es nicht so genau!


Los geht 's zum nächsten Kunden dem letzten für heute! Iss ja schließlich Freitag! Früher Schluss! Irgendein so ein *Doktor jur*? Was immer das genau heißen mag? Arzt ist er wohl nicht! Egal! Jetzt braucht er eine neue Wasseruhr. Ich fahr raus in die sogenannte Vorstadtneubausiedlung. Manche nennen die auch Känguruhsiedlung! Da wohnen die, die mit dem leeren Beutel große Sprünge machen! Tzzz, alles auf Pump sozusagen! Meinen jedenfalls viele. Zumindest meine Kumpels vom Stammtisch. Und wie Ulli immer feststellt: Schulden sind ja immer irgendwie auch das Vermögen eines anderen. Hm ... ? Ich weiß nicht so recht. Schon wieder das liebe Geld. Heute komm ich wohl nicht mehr los von dem Thema!

So iss es, denke ich noch so und schon stehe ich vor der Tür von diesem Doktor, der keiner ist. An der Tür steht auf einem schicken Schildchen: *Wirtschaftsprüfer und Steuerberater – Bürozeiten nach Vereinbarung*. Ob der auch Willis Kneipe, also die Wirtschaft prüft als Wirtschaftsprüfer? Und arbeiten nur auf Vereinbarung! Könnte ich mir auch vorstellen. Neue Wasseruhr oder Heizungsinspektion nach Absprache! Klingt irgendwie gar nicht schlecht. Fritzchen würde *cool* sagen. Aber mein Stadtwerkeboss würde das vermutlich ganz anders sehen.

Ich klingle und eine überfreundliche Damenstimme frag mich direkt aus der Hauswand vor mir, was denn mein Begehr ist und ob ich einen Termin hätte. Äh – klar hab ich einen Termin, mit der Wasseruhr im Haus! „Ich komme von den Stadtwerken wegen der Wasser- ...“ Eh, weiter komme ich nicht, da steht bereits der mutmaßliche Hausherr in der Tür und grinst mich breit an.

Smart schaut er aus: mit Schal und Weste und Dreitagebart. Fehlt nur noch der Espresso in der Hand! Hollywoodmäßig. Denk ich nur. Wie der aus der Werbung mit diesem breiten Grinsen und den unnatürlich regelmäßigen Zähnen! Auf jeden Fall anders wie man sich en Steuerberater mit leicht verstaubten Ärmelschonern und Nickelbrille so vorstellen mag. „Kommen Sie rein, ich zeig Ihnen wo es lang geht!" Na dann mal los! Wo es lang geht? Das weiß ich auch so, denk ich noch so! Ich brummle ein *Guten Tag* und folge ihm unauffällig.

Wir landen in so einem neumodischen Haushaltwirtschafts- und Energieraum. Früher war das alles großzügig im Keller unterge- bracht. Hier kann man sich kaum drehen! Viel zu eng Alles! Die Tür bleibt auf, weil ich meine Sachen im Flur abstellen muss. Platzmangel! „Sagen Sie Bescheid, wenn Sie fertig sind." Sprach 's und verschwin- det durch eine weitere Tür. Fast alle Türen den Flur entlang, die ich sehen kann, stehen offen, bis auf die, wo *Privat* draufsteht. Sieht aus wie eine Haustür im Haus! So wohnen also Steuerberater: vier Türen Büro und eine Privat. Nun ja! Ich fange an und irgendwo klingelt ein Telefon.

„Mensch schön, dass du anrufst! Was gibt es Neues, mein Lie- ber?" höre ich wirtschaftsprüfenden Schönling reden. Man bekommt alles laut und deutlich mit, selbst wenn man nicht will. Fast wie bei den Sprechstundenhilfen beim Arzt! Und da reden alle vom Datenschutz. Beknackt! Von wegen Privatsphäre!

„Ja, ja – hab schon gelesen. Die neue Steuerschätzung ist

raus!" Jetzt wird es auch noch interessant: Steuerschätzung so, so! Mein Thema des Tages: unser liebes Geld!

„Unser Staat hat demnächst viel zu viel in den Taschen. Und das obwohl circa zehn Millionen bei uns gar keine Steuern und nur etwa zehn Prozent der arbeitenden Bevölkerung, also so rund vier Millionen den Spitzensteuersatz bezahlen. Aber es geht ja auch nicht nur um Steuereinnahmen aus der Lohn- und Einkommenssteuer! Bin mal gespannt, was unseren Lobbyisten und den Parteien so Alles einfällt! Wo bloß hin mit den zusätzlichen Milliarden? Anstatt zu sparen und unsere Staatsschulden abzubauen." Oder den Griechen oder so zu schenken, denk ich vor mich hin. Grins! Aber was passiert eigentlich tatsächlich mit unseren Steuern? Mehrwert-, Öko-, Tabak- und Sektsteuer einschließlich! Es geht wie gesagt schließlich nicht nur um meine Lohnsteuer. Wie viele Steuerarten wurden bei uns eigentlich schon erfunden? Steuern wie Sand am Meer! Und was ist eigentlich mit dem Soli? Warum gibt es den denn überhaupt noch? Und wenn wir den schon weiter zahlen, was passiert denn damit? Mir würde schon was einfallen: marode Schulgebäude sanieren oder die Schlaglöcher in unseren Straßen flicken! Für so was war das doch damals im Osten gedacht: Aufbauhilfe! Die brauchen wir wohl jetzt im Westen der Republik. Jetzt, wo die Städte und Gemeinden alle abgewirtschaftet haben mit ihrer kommunalen Planwirtschaft. Pöstchen sichern im Stadtrat, aber mit Geld umgehen können die wohl alle nicht!

„ ... ja, und die steuergeldfinanzierten Subventionshilfen des

126

Bundes steigen ja dank der intensiven Subventionsbeschaffungswirtschaft und der Wahlgeschenkementalität unserer Politik immer weiter." Hä, Subventionshilfen, Subventionsbeschaffungswirtschaft, Wahlgeschenkementalität, puh: ... was für Worte. Wer versteht denn so was? „Die ganzen staatlichen Unterstützungen," ... aha – wieder Mal was gelernt! „ ... die liegen jetzt schon offiziell deutlich über zwanzig Milliarden pro Jahr. Inoffiziell liegt die Summe sicherlich bei genauer Betrachtung noch deutlich höher. Schon vor Jahren sollen es über hundertsechzig Milliarden Euro gewesen sein." Himmel noch eins! Man glaubt es nicht!

„Etwa die Hälfte davon landet bei der gewerblichen Wirtschaft. Wie meinst du? ... Ja, du sagst es: kein Wunder bei dem Lobbyismusbetrieb und den ganz offiziell für Unternehmen tätigen Subventionsberatern." So, so – die Wohltaten aus unseren Steuergeldern landen also mit Masse bei den Unternehmen! Vermutlich inklusive so völlig unsinniger Förderungen und Finanzhilfen beispielsweise für aussterbende Industriezweige dabei! Was hab ich da schon alles gelesen: Kohlepfennig, Schiffbauförderung und so weiter.

Die, die nach Lichtenstein oder Panama ausweichen oder sich die nächsten Steuervermeidungstricks zusammen mit den Geldinstituten dieser Welt ausdenken, genau die bekommen es also zugeschustert! Iss doch so! Ausgerechnet der kleine Mann, der der seine Steuern immer brav bezahlt, ist mal wieder der Dumme! So wie Lieschen und ich!

Ich hab 's doch schon immer gewusst! Wo ist bloß meine Rohrzange? Auch wenn ich es gar nicht mehr hören will: zwangsweise hör ich weiter zu.

„ ... ja, ich weiß, über hundertsiebzig Milliarden Sozialausgaben des Bundes pro Jahr und dann sind da auch noch Fördermaßnahmen für alles Mögliche und Unmögliche dabei. Denk mal zum Beispiel an die Förderung für den Wissenschaftsbetrieb oder Steuerermäßigungen für dies und jenes. Aber bitte nicht zu vergessen: Gelder für Mutterschaft, für Erziehungshelfer bei überforderten Eltern, für die Kinderbetreuung, Kinder überhaupt und so weiter! ... Genau! Ich sagt es dir: Wohltaten für den wählenden Bürger. Ich hab es schon immer gesagt: Politikerneurosen und Subventionitis passen irgendwie gut zusammen. Ist doch so! Knapp fünf Milliarden sollen es wohl derzeit sein allein für private Vermögensbildung, Bausparen und sonstige Steuerentlastungen, die Freibeträge und Vieles mehr! ... Mein Lieber, du hast Recht, es fließt nicht alles in die gleiche Richtung. Subventionen im enge Sinne kann man das zwar nicht mehr nennen, trotzdem! Alle beklagen die Staatsschulden und die Verschwendung der Steuergelder. Bei der großen Verteilung der Wohltaten von *Mama–Staat* greift aber dann doch jeder das ab, was er kriegen kann. Jeder ist scharf auf seinen Anteil – oder? Und wehe da kommen dann ein paar Flüchtlinge oder Asylanten! Wo kommen wir denn da hin, wenn die auch was bekämen? Wäre unter dem Strich für uns und unseren Berufsstand ziemlich dumm, wenn es anders zugehen würde. Denn schließlich beraten wir die Leute noch dabei, damit sie einiges davon tatsächlich abholen können beim Finanzminister ..."

Ohne zu Lauschen höre ich den Hollywood-Steuerberater-Typ mit leicht ironischem Unterton weiter schwadronieren! Der muss es ja wissen. *Subventionitis*! Hört sich an wie ne Krankheit! Vermutlich eine, die die staatliche Schuldenlast fördert! Er scheint ja wirklich ein großer Fachmann zu sein, dieser Schal- und Dreitagebartträger! Also doch nicht Alles für die großen Tiere. Einiges von den brav gezahlten Steuern fließt wohl auf verschlungenen Umwegen wieder an uns, den kleinen Mann zurück. Spürt man gar nicht so richtig! Merke: Positiv-story! So was steht nicht tagtäglich in der Zeitung! Zu dumm!

Ein Haken ist wohl dabei: man muss sich mit dem ganzen Entlastungs- und Förderkram auskennen. Also ich weiß außer den pauschalen jährlichen Werbungskosten in der Steuererklärung jedenfalls nicht, was man da sonst noch alles so abholen könnte beim Finanzminister und all den Verwaltungsbehörden. Na ja, vielleicht noch Kindergeld und so, aber was ist das schon. Außerdem kümmert sich Lieschen um die Finanzen. Aber ob die alles so weiß, was man wissen sollte?

Und wie auf Bestellung kommt auch gleich die Bestätigung vom Fachmann: „ ... nun ja, die Unternehmen wissen mit den hunderten von Förder- und Entlastungsmöglichkeiten meist besser Bescheid als der Privatmann. Und dann kommt es ja immer noch darauf an, welchen Menschen du erwischst in dieser riesigen bürokratischen Umverteilungsmaschinerie der Ämter und Ministerien. Da braucht man schon

Mal einen langen Atem. Einige sitzen ja drauf, auf dem Fördergeld als wäre es ihr eigenes. Kein Wunder, dass wir in Deutschland jede Menge europäische Fördergelder ungenutzt jährlich zurückgeben." ...

Bitte was, jetzt schlägst aber dreizehn! Schock lass nach! Wir stopfen riesige Finanzsummen in Europas Finanzlöcher zumindest laut Zeitung und holen uns dann das, was wir zurückbekommen könnten, noch nicht mal ab! Was ist das denn für ein Irrsinn! Vor lauter Zuhören und spontaner Schockstarre hab ich die Wasseruhr fast völlig vergessen. Es ist zum Mäusemelken! Jetzt aber los!


„Na, wie weit sind sie denn?" Völlig überraschend steht der smarte Hausherr auf einmal in der Tür, während ich mit der Rohrzange in der Hand vor der Wasseruhr knie. Er grinst ziemlich vielsagend. Und ich fühl mich überrumpelt und bin im Kopf noch bei den Steuermilliarden!

„Ich hoffe, das wird mit einem Pauschalbetrag abgerechnet und nicht nach tatsächlicher Arbeitszeit!" Meint er, ich brauch zu lange?! Kein Wunder, bei dem, was man hier alles zu hören bekommt! Kann man ja rammdösig werden! Ich antworte brav und ohne Zögern: „Das weiß ich zwar nicht genau, aber ich denke, dieser Wechsel ist in der monatlichen Grundgebühr für 's Wasser inklusive." Parallel setze endlich die neue Uhr ein. „Aha, dann entstehen keine steuerlich absetzbaren Handwerkerstunden." „So ist es wohl." Ist meine knappe Antwort. Ich hab keine Ahnung! Der Typ geht mir grad ein wenig auf die Nerven, wenn er mir so auf die Finger schaut.

„Tja, das kennen sie als Handwerker vermutlich nur zu gut: die Konkurrenz durch die Schwarzarbeit. Über dreihundert Milliarden pro Jahr, die an der Steuer vorbeifließen." Ganz schönes Sümmchen. Immer diese Milliarden, drunter geht 's wohl heutzutage gar nicht mehr!

„Man höre und staune: Steuerflüchtlinge gibt es halt nicht nur in der Großindustrie," meint er etwas schelmisch. „Bei so was Offiziellem wie dem Tausch der Wasseruhren geht das aber nicht!" Stell ich kurz angebunden fest und überprüfe die Verplombung. Fertig!

„Das mag wohl so sein, gleichwohl ist es eine Ordnungswidrigkeit, diese Schwarzarbeit, die letztendlich allen schadet. Oder?" „Nun wenn Sie das so sagen. Sie sind der Fachmann. Ich mache mir da kaum Gedanken zu. Es passiert halt! Und keiner kann es wirklich ändern. Löhne unter Mindestlohn für Aushilfskräfte in bar oder das Beschäftigen von Ausländern ohne Anmeldung und Papiere. Das sind ja wieder mal nicht die kleinen Handwerkerbetriebe, sondern oft die großen Reinigungs- und Bauunternehmen. So hat mir das zumindest mal mein Gewerkschaftsboss erklärt! Und überhaupt: Steuergerechtigkeit gibt es bei uns doch sowieso nicht. Kein Wunder, dass alle versuchen, da was für sich raus zu holen. Nur viele wissen eben nicht genau wie!" Während ich so rede, verschwindet der Experte in einem der Räume und ich hab bereits den Haustürgriff in der Hand. Da kommt der Dreitagebarttyp wieder um die Ecke und mir nach, hält mir einen Fünfer unter die Nase und grinst.

„Aber ein Trinkgeld dürfen Sie ja annehmen, besten Dank und bis zum nächsten Mal." „Danke!" antworte ich brav und find ihn auf einmal recht nett. Nehme den unerwarteten Fünfer und trolle mich.

Was hat er gesagt: bis zum nächsten Mal? Wenn er auf seine Wasseruhreichung schaut, wird er sehen, dass ich dann nicht mehr kommen werde. Bin dann nämlich schon im Ruhestand, in Rente oder in Altersarmut oder was auch immer. Keine Ahnung haben die, diese Bürohengste und Kopfarbeiter. Zumindest nicht von so was Praktischem! Aber eigentlich ist er ja ganz umgänglich gewesen, der Typ und von Steuern und deren Verwendung wie auch Verschwendung habe ich heute was von ihm gelernt.

Ich weiß jetzt, warum es uns eigentlich gut gehen muss bei soviel Subventionen im sozialen Bereich, gerade auch für uns, den einfachen Mitmenschen! Das glaubt mir am Stammtisch mal wieder keiner. Korrekterweise muss ich zugestehen, die Hälfte hab ich sicher heute Abend sowieso schon wieder vergessen! Aber meine Sicht auf die Geld- und Finanzwelt ist ein wenig beruhigter als nach der Lauschtour bei den jungen Bankern heute Mittag.

Was soll das Ganze auch? Gut geht 's uns! Und gut, dass es neben der Rente noch eine betriebliche Altersversorgung gibt – anders wäre nämlich schlecht. Auch bei Lieschen und mir! Da muss Fritzchen von Anfang an drauf aufpassen. Spare in der Zeit, dann hast du in der Not! Opas und Schwiegermamas Lieblingsspruch! So iss das wohl auch mit den Superreichen. Die können halt besser sparen! Auch Steuern! Muss man neidlos anerkennen – oder? Und schließlich: ändern kann der kleine Mann doch sowieso nichts! Nur ärgern oder wundern - denk ich so und fahr dem Feierabend und damit dem Wochenende entgegen.

## Unsere Umwelt

Heute war der Tag der Elektromobilität bei uns, also bei unseren Stadtwerken. Und Tag der Begegnung gleich mit. Große Themen: Nachhaltigkeit, Energieeffizienz, alternative Mobilität und so weiter, und so weiter. Das volle Programm! Wir bauen jetzt gerade die Informationstafeln mit Umwelt- und Energiesprüchen ohne Ende ab. Einige von den hohen Herren stehen noch an ein paar Stehtischen rum. Können wohl gar nicht genug bekommen von den Gesprächen. Die Presse ist auch noch da. Jedenfalls der Mensch vom Stadtkurier! Und die schlauen Mädels und Jungs von der Uni mit ihrem Elektrofahrzeug. So 'n Miniding für ein bis zwei Personen. Sieht aus wie ein überdimensionierter Roller mit Dach und Seitentüren oder so ähnlich. Den Hof und die Halle müssen wir heute noch aufräumen. Aber das geht nicht so reibungslos, denn überall stehen halt noch Leute rum.

„He, Michel," mein Kumpel Heinz kommt auf mich zu mit zwei Stühlen an den langen Armen. „War ja ziemlich voll heute." meint er grinsend. „Ja, ja, ich kann mich aber noch gut daran erinnern, wie man hier vor ein paar Jahren von Energiesparen und Elektromobilen noch recht wenig gehalten hat. Das kostet uns Millionen, hieß es damals nur. Schließlich hat man am Verbrauch von Energie und Wasser verdient und nicht am Energiesparen! Alles anders heutzutage! Heute sind wir an der Speerspitze des Energiewandels! Hast du auch die Rede gehört? Du kannst dich ja nicht mehr dran erinnern, als das alles los ging mit der Umwelt und so. Ölkrise und Waldsterben waren so die Einsteiger. Autofreie Sonntage, sag ich nur. Da mussten dann Katalysatoren her, so wie heute diese Feinstaubfilter. Es gab alles Mögliche, um die Luft sauberer zu bekommen. Die Luft musste reiner werden, sonst wäre es um den deutschen Wald geschehen gewesen. Das nächste war dann das Ozonloch. Dann ständig Antiatomkraft und die Mülltrennung, der grüne Punkt, wie es heute heißt. Die Wertstoffkreisläufe begannen sich zu drehen. Aber du bist ja noch viel zu jung, um diese Anfänge des Umweltschutzes und die Geburtsstunde der Grünen bewusst erlebt zu haben."

„Ja genau, Anfang der Siebziger war ich noch in den Windeln unterwegs. Aber wenn man mal überlegt: die Grünen gibt es erst seit 1980 und ein Umweltministerium haben wir erst seit 1986. Und in dieser Zeit begann auch für mich fühlbar Mülltrennen! Das weiß ich noch ziemlich genau als die ersten Glascontainer kamen oder die gelbe Tonne. Wir mussten immer die Milchflaschen zum Container bringen. Hat Spaß gemacht, wenn das Glas so zerdeppert ist. Noch gar nicht so lange her – was?! Und heute: keine Haushaltsgeräte ohne dreifach Plus, LED statt Glühlampen, Jute statt Plastiktaschen und überall neue Dämmung für neue und alte Hütten. Der Wasserverbrauch ist sogar teilweise so niedrig, dass wir immer mehr Leitungsspülungen mit dem Spülfahrzeug machen müssen. Sonst verstopfen die Abwasserkanäle. Wir sind doch weltweit die Ökoweltmeister, oder?" „Ja, weiß man nicht genau. Aber was hilft das? Weltweit immer mehr Menschen und immer mehr

Müll. Plastik im Meer, Artensterben und permanent schlechte Luft, so die Logik. Brauchst ja bloß an China zu denken. War doch letztens noch der große Bericht im Fernsehen dazu. Die sehen ja vor lauter Smog den Himmel nicht mehr. Und heute weiß man schon gar nicht mehr, was denn nun wichtiger ist: Klima- oder Umweltschutz! Beides geht ja auch manchmal nicht zusammen! Das fängt ja schon bei uns Menschen an. Schließlich atmen wir das Treibhausgas Kohlendioxid aus." Heinz schaut mich erstaunt an. „Vor Kurzem hab ich so ne Diskussion um die Erderwärmung miterlebt. Bei uns um die Ecke in der Kneipe, weiß de, bei Willi. Ergebnis: keiner weiß da so richtig Bescheid! Wie damals beim angeblichen Waldsterben gibt es wohl wieder so spezielle Grüppchen. Die Depri-Fraktion sagt *Es-ist-sowieso-schon-nach-12-und-zu-spät!* Die nächsten sind die *Das-ist-doch-alles-Quatsch–Jünger* und dann die Paniker und Hektiker mit dem Jetzt erst Recht – Motto: *Alle-machen-mit-also-wir-erst-Recht!* Und das heißt bei uns in Deutschland immer mit aller Konsequenz. Obwohl mit unserem Autotick hauen wir ja noch genug Schadstoffe raus. Da wirst du doch jeck, oder? Hier diese *Elektrodinger*." Ich deute auf das gute Ausstellungsstück! „Autos kann man die ja nicht nennen. Sind die nun wegen Umweltschutz oder Klimaschutz da oder wegen beidem? Ich weiß es wirklich nicht!"

Da klinkt sich eine fesche junge Dame, vermutlich Studentin vom benachbarten Stehtisch ein: „Na ja, das ist doch klar: es nützt dem Klima und schützt die Umwelt. Kein Schadstoffausstoß! Weder Feinstaub noch Kohlendioxid und Öl wird auch keines verbraucht. Ist also nachhaltiger als die Verbrenner!" „Nun ja, junge Dame!" wendet Heinz sofort ein. Mir scheint, seine Augen leuchten etwas mehr als vorher. „Das kommt aber auch immer ein wenig darauf an, wo der Strom für die Aufladung dieser Fahrzeuge herkommt. Bisher wird bei uns ja die Masse des Stroms noch nicht vom Solardach oder dem Windrad produziert!" Es geht schon wieder los. Der Strom kommt schon lange nicht mehr so einfach aus der Steckdose! Bei diesen Themen scheinen immer alle irgendwie Recht zu haben!

„Und überhaupt" meint Heinz weiter, „mit diesen Dingern kann man doch nicht fahren. Tankstellen gibt es keine und all das Drumherum!" Na, jetzt unterbricht sie ihn aber energisch: „Das ist doch alles nur eine Argumentation der alten Autolobby!" Ah ja, das sind auch die mit den Abgasskandalen!

„Die Masse unserer über fünfundvierzig Millionen PKW zum Beispiel fahren am Tag deutlich weniger als fünfzig Kilometer und stehen zu neunzig Prozent am Tag rum. Also, Zeit genug zum Aufladen wäre schon da. Die blöde Diskussion um die Entfernungskilometer erübrigt sich! Ist sowieso Quatsch: die durchschnittliche Fahrleistung eines PKW in Deutschland liegt bei etwas unter fünfzehntausend Kilometer pro Jahr. Das sind weniger als fünfzig pro Tag und das Achtfache davon, also vierhundert Kilometer Reichweite ist heute für fast alle E-Fahrzeug mit einer ordentlichen neuen Batterie überhaupt kein Problem mehr. Und außerdem geht es ja um mehr: nämlich weniger Autos durch neue Mobilitätskonzepte inklusive E-Autos und anderes mehr!"

Bäng! Tja, Punktsieg bei der junge Lady! Wäre wohl auf Dauer gar nicht so schlecht – weniger Autos! Herrje, fünfundvierzig Millionen PKW in Deutschland bei etwas über achtzig Millionen Einwohnern. Wie geht das eigentlich zusammen? Dabei müsste man Kinder und vermutlich eine Reihe von Alten und Behinderten noch abziehen? Schnelles Kopfrechenfazit: mindestens jeder Zweite, der ein Auto fahren dürfte beziehungsweise körperlich fahren könnte, hat auch eins – oder wie? Spannend! Wer fährt die bloß alle jeden Tag? Oder stellt die in irgendeinen Stau! Wenn das weltweit so wäre! Jeder zweite ein Auto! Na, dann gute Nacht. Der *Unendlichstau* droht! Zumindest in China!

Ich fahr ja lieber bequem meistens mit dem Fahrrad zur Arbeit. Iss halt billiger! Und Parkplatz brauchst de auch nich! Unser Auto steht tatsächlich überwiegend in der Tiefgarage rum. Da könnte ja auch eine Ladestation für Elektroautos hin. Wär sicher kein Problem. Acht Jahre ist das gute Stück jetzt schon alt und hat noch keine achtzigtausend auf dem Buckel. Bei uns liegt also die tägliche Fahrleistung durchschnittlich noch deutlich niedriger als dieser merkwürdige statistische Durchschnitt. Wie kommen die bloß immer an diese Zahlen? Nur wenn wir in Urlaub fahren, an die Nordsee, was wäre denn dann? Aber an der Nordsee gibt es ja Windräder. Nachtanken, also besser Nachladen, kein Problem, noch nicht mal eins der Leitungen. Sollte man meinen!

Nun mischt sich noch ein junger Mann mit ein. So einer mit Laptop unterm Arm und ungebändigter Langhaarfrisur. „Nun mal langsam, an der Problematik der Versorgung mit Ladestationen wird ja schon länger gearbeitet. In zahlreichen Städten haben wir bereits so etwas. Carsharingstationen eingeschlossen." Carsharing! Noch so ein neumodischer Kram. Geteilte Autonutzung. Ist doch viel zu kompliziert und auf dem platten Land kannste das doch völlig vergessen. Sagt zumindest Lieschen! Und überhaupt: in ein vom Vornutzer verdrecktes Auto steig ich nicht ein!

„Wie das Thema weiterentwickelt werden soll, ist allerdings noch nicht ganz klar." „Na also," unterbricht der Heinz den Langhaarigen, „... sag ich doch! So bringt das alles nichts! Zumindest nicht kurzfristig. Eine solche Ladeinfrastruktur ist genauso problematisch wie das gesamte Netz zur nationalen Stromversorgung. Mal zu viel, mal zu wenig Spannung zwischen Nordsee und Alpen! Und es ist klar, dass immer noch unsere Kraftwerkdinosaurier und ihre Betreiber das Spiel bestimmen. Egal wie oft die Politiker die Energiewende anpreisen. Manche behaupten ja, wir denken und handeln noch viel zu sehr in den herkömmlichen Strukturen. Unser Chef hier spricht ja schon von Versorgungsinseln oder kleinen Energiezellen auf dem Land. Die versorgen sich in kleinem Maßstab selbst und brauchen gar kein großes Verteilnetz mehr. Soweit die heiligen Worte der Theorie! Aber da scheiden sich ja die Geister, die technischen wie die politischen. Blickt da noch jemand durch? Die Experten streiten sich und der Rest wundert sich."

Mein lieber Mann! Der Heinz ist ja richtig gut im Saft, was das Thema angeht. Na ja, der macht ja auch gerade so 'ne Schulung mit für Biokraftanlagen und so weiter. Da bekommt man das wohl alles direkt mit. Ich tausche ja nur die Zähler aus oder repariere Leitungen und Schaltkästen. Mehr ist nich! Das ganze Diskutieren hilft im übrigen meiner Meinung nach tatsächlich nicht. Ganz ehrlich: ich glaub ohnehin nicht daran, dass wir weniger Autos haben werden oder irgendwie weniger Energie verbrauchen. Wenn immer alles wachsen muss, die Wirtschaft und so, dann wird wohl auch immer mehr Energie verbraucht. Und die Autos? Die lieben wir nun mal viel zu sehr! Im Zweifel als Statussymbol. Das zeigt ja schon ihre hohe Anzahl. Ohne geht gar nicht! Und billiger wird das in der Praxis dann später auch Alles nicht! Im Zweifel gibt es ne neue Steuer oder einen Energiesoli – oder so! Meine Meinung, basta!

Ich will gar nichts mehr weiter hören davon und lass die Drei spontan stehen. Packe mir schnell einen der Stehtische und bring das gute Stück in unseren Materialraum. Hier wird alles gehortet, was man für solche Veranstaltungen braucht. Unser Hausmeister und -techniker, Peter heißt er, kämpft gerade mit Verpackungsfolien, die wohl in den gelben Müll müssen.

„Na, Michel, hilf mir doch mal! Die Dinger müssen in den Container für den gelben Müll." „Die Folien und das Styropor?" Fragt ich ganz unbefangen – ich mach mir normalerweise keine Gedanken dazu. Kommt vermutlich sowieso am Ende doch wieder alles zusammen und dann ab in die Müllverbrennung. Trennung hin oder her!

„Na klar, in diesem Fall gehören die ja zu den Verpackungen von den Stühlen, die wir für heute neu bekommen haben. Verpackungsmaterial gleich gelbe Tonne. Hab ich so gelernt!" „Ja, ja schon gut. Ich mein ja nur. Unsere gelbe Tonne zu Hause haben die Jungs schon mal nicht mitgenommen, weil ich da Baufolie drin hatte, vom Renovieren. War halt kein Verpackungsmüll! Schwupps war en Verwarnungszettel dran! So sieht 's aus! Kann schon mal kompliziert werden, lieber Peter!" „Tja, kompliziert und teurer! Immer das Selbe! Mein Vadder, der ist schon fast siebzig und der schimpft immer über dieses ganze Umweltschutzgedöns! Das ist was für reiche Leute, sagt der immer. Die können sich so was leisten, andere Heizung, bessere Hausdämmung und so weiter, weiß du!" Ich schau ihn an und nicke zustimmend so vor mich hin, während ich ihm helfe, die Folien containergerecht zu falten.

„Er hat wohl Recht! Zu viel Müll, zu viel Energie, zu viele Abgase! Der hat seine Milch noch in der Kanne zu Fuß und nicht per Auto oder Moped beim Bauern nebenan geholt. So blöde Plastikflaschen kannte der in seinen jungen Jahren nicht. Der brachte seine Glasflaschen in den Tante Emmaladen zurück, wo er sie her hatte und das war 's! Und überhaupt: in Plastik wurde damals noch fast nichts verpackt. In Papier eingewickelt und dann ab in Omas Einkaufsnetz fertig! Irgendwie umweltfreundlich ohne Umweltschutzauflagen oder? Einfach so! Die haben früher unterm Strich auch weniger Strom verbraucht, weil sie kaum energiefressende Geräte wie unsere heutigen Riesenfernseher und -kühlschränke und weniger Elektromaschinen hatten. Wer mäht denn heute seinen Rasen noch per Hand, hängt seine Wäsche noch zum Trocknen nach draußen an die Leine oder schnippelt sein Gemüse für den Eintopf noch mit dem kleinen Messerchen selber? Und vieles wurde damals noch mehrfach repariert und nicht gleich weggeschmissen. Wegwerfgesellschaft und Elektroschrott waren noch nicht."

Tja, ganz genau betrachtet waren die wohl damals die reinsten Umweltengel. Blau waren die auch manchmal! Grins! „Bequemlichkeit hat seinen Preis, sagt er immer, der alte Haudegen! Die Menschen, immerhin reden wir schon von über sieben Milliarden, hab ich irgendwo aufgeschnappt, also die haben schon immer in ihre Umwelt eingegriffen, aber eben nicht so massiv wie heute. So iss er und manchmal denk ich: eigentlich hat er Recht! Wenn ich so sehe, warum so manche Familien ihre nicht gerade kostengünstigen, abgasschleudernden Familienkutschen haben. Oder die Zweit- und Drittautos. Da werden Kinder heute hin und her gekarrt wie vom Taxidienst. Wahnsinn, was da zusammenkommt! Für Strecken, die selbst wir noch fast alle zu Fuß oder mit dem Rad hinbekommen haben. Völlig egal ob dunkel oder welches Wetter! Umweltschonend war das oder etwa nicht, Michel?"

„Klar doch, ich weiß nicht, warum sich das so entwickelt hat. Und denk mal dran, wenn wir immer mehr Singles haben, du weißt schon, die so völlig solo unterwegs sind. Dadurch hast du ja auch immer mehr Haushalte und damit auch immer mehr Mircowellen, Staubsauger, Autos und so weiter." Peter nickt vor sich hin. Immer noch mit Folien beschäftigt!

„Ist doch klar, dass wir immer mehr Energie verbrauchen." Ich denke an so einen Umfragekram, mit dem Lieschen letztens ankam. „Auffällig ist doch eins, mein Lieber Peter. Genau die, die am heftigsten gegen Atomkraft und so weiter sind. Die so als Gutmenschen herum laufen! Gegen Massentierhaltung und Artensterben, Grundwasserbelastungen und Luftverschmutzung. Wie so *Nachhaltigkeitsapostel*. Genau die, die einem immer das Gefühl geben, du musst mit einem geplagten Umweltgewissen herumlaufen. Dazu gehören auch viele vonden meist hochgeistigen Solisten, also Singles halt. Die, die haben genug Zeit, ständig über alles Schlechte dieser Welt nachzudenken. Genau die kommen zumeist aus solchen Kreisen, in denen keiner mehr zu Fuß zum Bäcker geht oder mit dem Fahrrad, dem Bus oder der Bahn zur Arbeit oder zur Schule fährt! Von Fernreiseurlauben ganz zu schweigen. Iss doch merkwürdig oder?!"

„Ja genau, klammern wir dabei mal die Großstädter aus. Denn die haben laut diesem Fernsehbericht letzte Woche immer weniger Autos. Da ist der Bäcker aber auch gleich gegenüber und der Bus kommt im Fünfminutentakt! Und, Michel, was nützt der ganze Kram denn wirklich? Es ist doch egal, ob unsere Flüsse wieder in renaturierten Flussbetten fließen oder ob du Bioreiniger verwendest anstatt dieser scharfen Sachen. Wurscht, wann du das Licht anlässt oder mal richtig Gas gibst. Alles völlig egal! Laut Zeitung sollen unzählige Arten sowieso aussterben bis zur Mitte dieses Jahrhunderts. Und ob wir das in Deutschland oder Europa alles machen oder genau in Asien oder sonst wo auf dieser Erdkugel der Plastiksack mit vergifteten Stoffen auf den völlig verseuchten, weil überdüngten Boden fällt. Wen kümmert 's denn wirklich zumindest dort? Die meisten leben einfach so weiter. Iss aber auch kein Wunder, Michel! Wenn man morgens nicht weiß, ob man bis abends genug zu essen oder zu trinken bekommen hat. Du, da würde unsereiner vermutlich auch andere Sorgen haben als irgendwelche Grenzwerte im Wasser oder in der Luft. Da ändert sich doch in naher Zukunft bestimmt nichts! Man hat zumindest das Gefühl. Und Gentechnik und so was, wobei bei uns viele Leute Pickel im Gesicht bekommen, damit machen andere Länder dicke Kohle! Tja, und uns erzählt man: Umweltschutz ist das tollste Geschäft überhaupt!"

„Der Paul, mein überschlauer Nachbar, der sagte letztens was für mich Neues: es hat schon mal ein sehr viel größeres Artensterben auf der Erde gegeben. Zu der Zeit als sich die Erdatmosphäre nach und nach mit Sauerstoff angereichert hat. Klingt interessant – oder? Und hat schon mal einer gefragt, wie viele Arten gerade neu entstehen wegen Klimawandel oder anderen Umweltveränderungen? So redet der! Ich weiß bei dem nie, wo ich dran bin. Und Umweltschutz in Regionen, wo Menschen verhungern und verdursten? Kann ich mir nicht vorstellen! Ist doch mal wieder Alles viel zu unübersichtlich und kompliziert. Was meist Du?"

Peter schieb den gelben Containerdeckel zu – geschafft! Gleichzeitig nickt er schon wieder so vor sich hin. „Dein Paul oder wer mag ja Recht haben, aber du hast bestimmt Recht mit dem *Kompliziert Sein*: Otto Normalverbraucher kann doch heute keinem Umweltexperten mehr glauben, weil eine Woche später kommt ein anderer um die Ecke und behauptet grad das Gegenteil! Wer will das noch alles verstehen! Ich nicht! Am Ende ist das Alles wieder mal nur eine große Geldschneiderei! Los Michel, lass uns noch die paar Sachen vom Platz wegräumen, damit wir hier raus und in den Feierabend kommen."

Heinz kommt uns mit einer Sackkarre voller Stühle entgegen. Ein paar andere von uns räumen gerade Stehtische weg. Einige Gäste stehen immer noch mit den Spitzen unseres Hauses zusammen. Müssen interessante Themen sein.

„ ... also was wir alles in Sachen Umwelt so machen, ist schon enorm!" Eigenlob stinkt, denke ich so im Vorbeigehen. Ich sammle weitere Stühle ein und stell sie zusammen. Dabei kann ich weiter mithören: „ ... wir kümmern uns ja nicht nur um die nachhaltige Energie- und eine effiziente Wasserversorgung. Wir stehen quasi für einen intelligenten und ausgewogenen Umgang mit Rohstoffen sowie für eine Nutzung unserer natürlichen Lebensgrundlagen. Wir haben schon seit einem Jahr die ersten Elektroautos in Betrieb für uns und unser Stadtcarsharing. Sogar für unsere Mitarbeiter bieten wir alternative Mobilitätslösungen an. Denken sie nur an die Fahrradaktionen jedes Jahr. Wir kümmern uns um den Artenschutz und fördern Projekte im Vogel-schutzgebiet. Weniger Papier und Reduzierung von Schadstoffaus-stoßmengen zum Beispiel durch die Routenoptimierung unserer Ein-satzfahrten, also Herr Bürgermeister ...“

Ich glaub, ich spinn! Wenn ich das höre: weniger Papier und Routenplanung für die Einsatzfahrten. Alles nur Gerede. Was nützt die schönste Einsatzfahrtenplanung, wenn du für ein fehlendes Ersatzteil oder ein defektes Werkzeug dann erst mal zurück in die Werkstatt oder in den nächsten Baumarkt musst. Und das mit dem Papier ist doch auch totaler Quatsch. Für jedes und alles brauchst du einen Zettel, wo drauf steht, wann was wie viel und dann bitte vor Vernichtung zwei Mal ko-pieren, bitte! Für die Aktenlage – versteht sich! Sogar diese blöden Tankstellenschnipselchen muss du wöchentlich sammeln und abgeben, obwohl doch alles über die Tankkarte geht! Und das ist bei Lieschen im Supermarkt auch nicht anders. Jedes und alles wird quittiert, kopiert und abgelegt. Selbst die Rabattmarken, die keiner will! Und wenn ich so an Fritzchen denke: da haben die teure Schulbücher, aber trotzdem kommt der ständig mit einem Packen kopierter Übungszettel oder wie das heißt nach Hause. Wozu denn dann die Bücher? Weniger Papier? Das ich nicht lache! Überall mehr! Soviel zum Umweltschutz an dieser Stelle! Wie viel Regenwald wird denn dafür geopfert? Schönes Plakat, das Hein und Peter da gerade wegräumen: Wir managen unsere Um-welt! Steht da und unser Chef grinst den Betrachter an wie ein Honig-kuchenpferd.

Ich denke, es geht uns gut, mit oder ohne dieser Umweltrumtuerei. Wir zu Hause trennen unseren Müll, meistens jedenfalls, fahren ein spritsparendes Auto und das auch noch selten, hängen unsere Wäsche manchmal im Keller auf, insbesondere wenn der Trockner kaputt ist, und ich gehe unsere Frühstücksbrötchen zu Fuß holen, genau wie die Zeitung – sonst würde ich Samstags auch Ulli nicht treffen und die geht ebenfalls zu Fuß. Also – was sollen wir denn noch tun!?

Den Rest wird die Natur schon selber richten. Wie beim Waldstreben oder dem Ozonloch. Auch im verstrahlten Tschernobyl leben wieder Leute und Tiere! Mutierte vielleicht. Aber das sind wir ja alle irgendwie, mutiert meine ich! Und die in Japan, die sind gar nicht erst weggegangen aus der verstrahlten Zone – also was soll 's. Das renkt sich mit der Zeit alles wieder ein. Und schließlich, wen juckt es in Asien oder Afrika, wenn bei uns die Buchfinken und Gänseblümchen immer weniger werden? Dafür entdeckt man bei denen dann als Ausgleich ein paar neue Sträucher, Pilze und Mücken! Artenschutz! Das klappt schon bei so großen Viechern, wie den Walen nicht. Die haben derzeit eben andere Probleme dort. Da stören höchstens die Plastiktüten im Meer vor den Küsten der Urlaubsparadiese. Na, und jetzt mal los, damit wir hier endlich raus kommen!

## Unsere Informationen

„Hör mal, was die so alles wissen wollen, wenn du ne neue Un-fallversicherung abschließen willst. Am besten noch, wann du auf 's Klo gehst und wie oft du dies und das isst und all so was. Du glaubst es nich. Und dann sollst du auch noch glauben, dass all der ganze Daten-kram sicher sein soll. Und einverstanden sollst du sein mit der Daten-speicherung. Ich weiß et nich. Und das alles unter dem Siegel der Ver-schwiegenheit und zum Wohle des Datenschutzes.“

Da sitzen wir mal wieder rund um unseren eckigen Stamm-tisch. Paul, unser Grundschullehrer genannt Professorchen, Willi, unser Wirt, der *schönne Nobbi*, also Nobert unser Jüngster – fährt LKW und ist daher nur selten da – und Franzel, unser *Fastrentner*, aber noch schraubt er irgendwelche Maschinen zusammen und ich natürlich, der Michel, Handwerksmeister von den hiesigen Stadtwerken. Norbert berichtet gerade von seinem letzten Erlebnis beim Ausfüllen eines Formulars für irgendeine Versicherung.

„Nun ja, Datenschutz ist ja im Grunde kein Schutz von Daten, sondern dient dem Schutz der Person, dessen Daten irgendwo für ir-gendwas hinterlegt werden!“ Paul klärt uns mal wieder auf, worum es geht auf dieser Welt. Macht er ja meistens so! Deswegen auch Profes-sorchen.

„Es geht also um den Schutz der Personenrechte und meiner

Privatsphäre," ergänzt der Willi mit einem kurzen Nicken. „Privatsphäre! Da lachen ja die Hühner! Die halbe Welt stellt ihre Privatsphäre doch heute ins Internet. Stimmt 's oder hab ich Recht? Wo bin ich, was hab ich an, was ess ich und geht es mir gerade gut oder schlecht." meint der Norbert. Der ist ständig unterwegs und ist dank seiner Geräte, also Minicomputer, Handy und so trotzdem mit allem und jedem verbunden. So weiß er, was los ist bei den Lieben zu Hause und mit seiner Heizung. Alles online, sagt er. Hat er uns schon mal ausführlich erklärt und gezeigt! Die Familie telefoniert mit dem Laptop, jeden Abend per Bildschirm. Tolle Sache eigentlich! Da wissen die Kleinen nach drei Wochen Europatour mit dem Truck immer noch, wie der Papa in Natura aussieht!

„Na, das machen die Leute ja freiwillig, mein Lieber," mischt sich der Franzel ein, „ ... und Informationen, die du selbst, ohne drüber nachzudenken, veröffentlichst, die sind dann halt für alle da - oder seh ich das falsch?"

Ich bin bei dem Thema außen vor. Ich kenn mich mit so was kaum aus: weder mit Computern noch diesen Smartphones oder was es sonst noch so alles gibt. Da weiß unser Fritzchen besser Bescheid als ich. Lieschen und Fritzchen sind auf der Höhe des Computerzeitalters. Ich hab dagegen nur mein Diensthandy von den Stadtwerken. Total veraltet laut Lieschen! Aber es reicht mir. Mit dem kann man normal telefonieren! Ganz einfach! Wie mit dem Tastentelefon zu Hause! Das reicht halt, um mal zu sagen, dass es später wird. Und was soll ich schon im Internet? Wir haben doch unseren Fernseher und die Zeitung! Das reicht allemal, um zu wissen was los ist! Und wenn ich mal was Besonderes wissen will oder suche – Ersatzteile für die Modelleisenbahn zum Beispiel - dann macht das Lieschen für mich. Die *googelt* dann und rubbel die Katz klärt sie mich auf oder bestellt was für mich. Ganz praktisch so von zu Hause!

„Ja, informationelle Selbstbestimmung nennt man das." Klar doch! Paul hat schon wieder das passende Deckelchen! „Informationen sind ja nun auch nicht gleich Daten!" Moment langsam, was?? Wir schauen uns alle an. „Du meinst also: Informationen sind nicht Daten und Daten nicht gleich Informationen?" frag ich so über den Tisch, während Willi uns die zweite Runde hinstellt und sich mit gekräuselter Stirn wieder dazusetzt.

„Nun ja, streng genommen sind Daten der Rohstoff für Informationen. Du kennst das doch, Michel!" Ich, wieso ausgerechnet ich? Denk ich noch so. „Wenn ein Stromzähler abgelesen wird, hast du erst einmal zwei Daten: die Zählernummer und den abgelesenen Verbrauchswert – gell?" Der Bayer kommt wieder durch bei ihm!

„Erst wenn du jetzt beides miteinander verknüpfst, werden die beiden Daten zu einer Information, mit der du, beziehungsweise deine Stadtwerke etwas anfangen können. So kannst du dir den Unterschied klar machen. Informationen sind mehr als nur Daten. Informationen sind verknüpfte Daten. Wie mit dem Stromverbrauch! Den vergleicht dann jeder mit dem Vorjahr und so weiter." „So gesehen ..." jetzt kommt Franzel aus der Ecke ... „ ... also so gesehen, Professorchen sind die Sachen im Netz ja zumeist keine Daten mehr, sondern fast immer Informationen und die sind dann nicht geschützt? Oder was willst du uns jetzt sagen?" Erstaunlich dieser Franzel. Der ist älter als ich und redet da so einfach mit. Ich dagegen muss aufpassen, dass ich nicht den Anschluss verliere.

„Ich kenne das Datenschutzrecht nicht genau, Franzel aber vom Prinzip geht es darum, dass nicht jeder Zugriff auf deine persönlich Daten haben sollte beispielsweise deine Gesundheits- oder Bankdaten. Aber wenn du eben selbst bestimmst, was du im Internet verbreitest. Also wenn du den Leuten in deinem Netzwerk mitteilst, dass du mit Fieber im Bett liegst, dann, tja dann ist das eben deine Sache, deine freie Selbstbestimmung." „Aha!" meldet sich der *schönne Nobbi* zurück in die Diskussion und ich grübele über die *Leute im Netzwerk*. Wer iss das denn so?

„Meine Daten aus diesem komischen Versicherungsantrag sind nun mal nicht frei zugänglich und fallen deswegen unter den Datenschutz oder besser den Schutz meiner personenbezogenen Daten?" „Joo, so iss es wohl!" meint der Willi grinst und nickt. Was auch der Paul tut, während alle einen Schluck vom frischen Bierchen nehmen.

„Nun ist es aber generell so, dass viele Daten stets in einem festen Zusammenhang zum Beispiel in Formulare eingegeben werden.

Und wenn du im Internet deine Bank, den Klamottenversand oder so aufsuchst, dann sowieso." Das ist mir auch immer zutiefst unheimlich, wenn Lieschen unsere Kontonummer irgendwo eingibt oder sogar den Kontostand über den Computer zu Hause abruft! Aber so ist wohl der Lauf der Zeit! Wer geht denn heute noch zu seiner Bank? Wenn du da rein gehst, sind da ja nur noch Automaten, also streng genommen Computer. Mit wem soll man denn da noch ein Schwätzchen halten. Alles wegrationalisiert!

Paul erklärt weiter: „Und diese Formate erlauben es den Unternehmen, also auch deiner Bank, so manches über dich und dein Verhalten in Erfahrung zu bringen. Man wird Schritt für Schritt immer gläserner!" „Genau!" bläst der Norbert ins gleiche Horn. „Bei uns werden alle Sachen auch nur noch auf den LKW gepackt mit irgendwelchen Barcodes drauf oder sonstigem elektronischen Schnickschnack. So werden die Sachen verfolgt bis zum Empfänger. Da hast du dann schon wieder eine Verknüpfung! Eine Information über den Empfänger oder den Versandweg!" „Schock schwere Not!" meint der Willi, „Jede Technik kontrolliert so quasi seine Nutzer. Wie meine neue Computerkasse! Das Finanzamt schaut da gleich mit zu!"

„Aber was iss denn dann mit diesen komischen Daten auf den CDs, die unser Finanzminister aus der Schweiz kauft oder so Sachen wie die Kontodaten aus Panama? Datenschutz ade?!" Alle schauen mich an. „Datenschutz für Steuerflüchtlinge? Wär ja noch schöner!"

154

der Norbert bekommt richtig Zornesröte ins Gesicht. „Streng genommen gilt das auch für die!" Na klar – Paul! „Aber hier haben wir einen Gesetzeskonflikt!" Aha, Gesetzeskonflikt! Konflikte mag ich nicht. Die machen immer so unsicher! „Auf der einen Seite Datenschutz und auf der anderen Steuerhinterziehung: was ist denn nun höherwertiger?" „Na, Hauptsache, die Journalisten bekommen ihre Nase an so was. Dann geht Alles ab wie Schmitz Katze heutzutage! Da braucht man gar keine Polizei oder Gerichte mehr. Die wissen ja immer schon bei der Eilmeldung, beim Brennpunkt oder spätestens bei einer dieser Diskussionssendungen, wie auch immer die alle heißen mögen, was richtig oder falsch und wer schuld ist!" Franzel sprach 's und nimmt grinsend einen Schluck.

„Ja, ja – jeden Tag ne neue *Krisen- oder Skandalsau*, die durch unsere Kleinstadtoase rauscht. Angetrieben von unseren lieben Medien, die um ihre Einschaltquoten kämpfen. Die arme Sau kommt völlig außer Atem am Stadttor an, blickt sich um und schon ist sie vergessen, weil bereits wieder eine neue unterwegs ist!" Na, da hat der Willi aber jetzt ein Fass aufgemacht! Unsere Nachrichten, unsere Presse, die Neutralste der Neutralen und überhaupt diese Medien!

„An dieser Stelle kann man sich kaum noch schützen! Elftes Gebot: Du musst jeden Tag deine Nachrichtendosis aufnehmen. Aus der Zeitung, aus dem Radio, aus dem Internet oder woher auch immer. Aus irgendwelchen Medien halt. Erstmeldung in den Hauptnachrichten:

ein Fußballergebnis, ein Haarriss in irgendeiner Kraftwerkshülle, ein Busunglück in einem Land, dessen Name du noch nie gehört hast, ein Gerichtsverfahren gegen XY, der vor gefühlten hundert Jahren seine Ehefrau vergewaltigt oder Steuern hinterzogen hat oder sonst wie irgendein Gedöns irgendeiner Königin oder Prinzessin. Bei so was kannste getrost wieder abschalten!" Stell ich jetzt mal einfach so aus meiner bescheidenen Sicht fest!

„Richtig!" bestätigt Paul. „Dann ist nämlich sicherlich nichts Wissenswerteres auf der Welt passiert. Den Ausknopf zu drücken, ist nämlich wirklich die einzige Chance, dem täglichen Informationsterror, der nächsten andauernden Aufgeregtheit, dieser ständig geschürten *Volkshysterie* kurzfristig auszuweichen!"

„Genau! Du kannst das ja alles lassen, keine Zeitung mehr, keine Fernsehnachrichten und so weiter! Du, der eine oder andere würde sicherlich ruhiger schlafen dann." meint der Willi bekräftigend. „Ja klar, denn bei jedem kommt ja so eine *Skandalsau* anders an. Bei dem einen passt das sowieso in sein vorgefasstes Weltbild. Wissenschaftlich nachgewiesen ist nämlich, dass meistens von dem, was man hört und sieht, nur das bis zu unserem Kleinhirn durch kommt, was in unseren Vorstellungsrahmen, in unser Weltbild halt passt!" So so, das gute alte Kleinhirn. Und was macht das Großhirn zwischenzeitlich, so rein wissenschaftlich, mein lieber Paul? Ich bin da überhaupt nicht vorgebildet in so was!

Paul ist aber gerade im Fluss, im Redefluss: „Hab ich ja schon immer gewusst, kommt dann bei den Meisten. Und bei dem nächsten erzeugt so eine angebliche Topnachricht sofort völlig neue Ängste oder gar Wut, Ärger, Trauer und, und, und!" Paul versucht wieder Mal, unsere Gedanken zu sortieren. Mit Theorie und Wissenschaft. Mir fällt dabei ganz praktisch ein, dass die bei solchen Skandal- und Katastrophenberichten immer die gleichen nervigen Fragen stellen in diesen Liveberichten vom Unfallgeschehen. Was sollen die betroffenen und zumeist völlig fertigen Menschen eigentlich auf die ewige Frage, wie sie sich gerade fühlen, denn antworten? Völlig verblödet! Sollte man verbieten so was! Die Antworten weiß jeder schon vorher! Wie würde man sich denn selber fühlen? Na ja, vermutlich muss das so sein! Gehört zum Schema! Wir legen mal den Finger auf die Wunde und suhlen uns so ein bisschen im Leid der anderen! Und dann kommt: wie konnte das passieren! Sensation und Empörung als Dauerzustand. Das Normale und Durchschnittliche will sowieso keiner wissen.

„Du bist ja auch nicht besser, mein liebstes Professorchen!" Huch, mein lieber Nobbi, was kommt denn jetzt? Angriff auf Theorie und Wissenschaft! „Versuchst du uns nicht ständig zu Beginn einer Stammtischrunde in die eine oder andere Richtung zu lenken durch deine Erklärungen, Theorien und so? Wie die Journalisten, die am Nachrichtenticker entscheiden, was für uns nun wichtig oder weniger wichtig sein soll. Meistens bleiben dabei die guten Sachen auf der Strecke. Also wird uns die Welt überwiegend mit den bösen Nachrichten erklärt. Selten, sehr selten mit was Gutem! Bad news are good news! Oder wie heißt das so schön? Da kommst du nicht mehr zur Ruhe heutzutage!"

„Na, nun mach mal halblang, Nobbi! So eine Nachrichtenauswahl ist doch ein wenig was anderes als mein Versuch, den einen oder anderen Punkt hier bei uns mal mit ein bisschen Hintergrundwissen ins rechte Licht zu rücken." Paul guckt dabei Norbert, der sich da eben vielleicht ein wenig zu weit aus dem Fenster gelehnt hat, ziemlich bissig an. Iss auch nicht so, mit unserem Professorchen. Meine Meinung! Paul scheint allerdings jetzt richtig Betriebstemperatur zu haben.

„Ich fange ja nicht an, zu manipulieren, mein Lieber! Ich erzähl hier keine Geschichten, um Einschaltquoten zu erzeugen. Ich versuche manchmal, den einen oder anderen Punkt für uns alle verständlicher zu machen. Ein bisschen Theorie, Erklärungen, möglichst neutrales Wissen oder anders gesagt: wie funktioniert das tatsächlich? Aber bei unseren Medien wird ja schon lange nicht mehr nur neutral berichtet. Selbst wenn die sich gerne als unabhängiges Kontrollorgan im Staat bezeichnen. Es wird manchmal völlig losgelöst und wild drauf los interpretiert und spekuliert! Es wird mal hier mal da bewusst was weggelassen und es werden sogar Dinge verknüpft, die eigentlich gar nicht zusammengehören. Bei der Auslegung von Studien und Statistiken ist das beispielsweise gängige Praxis. Wir merken das kaum noch. Außerdem muss man fragen, wer oder was steckt hinter den einzelnen Medien oder besser: wem gehören sie? Viele Medien befinden sich sowohl hier in Deutschland wie auch weltweit im Eigentum einiger weniger Konzerne beziehungsweise einflussreicher Familienclans."

„Und die öffentlich-rechtlichen Sender?" fragt Franzel dazwischen. Pauls Antwort kommt wie aus der Pistole geschossen: „Nun Franzel, zumindest bei uns werden die direkt oder indirekt durch Politik- und damit Parteienvertreter beeinflusst. Die sitzen ja bei denen in den Aufsichtsräten!" Ei, jei, jei, der Paul rechnet jetzt aber sehr pauschal ab! Schweiß auf der Stirn! Alles manipuliert? Na, ganz so schlimm iss es wohl nich. Aber wo will er bloß hin mit seinen Schimpfkanonade in Sachen Medien?

„Vor dem genannten Hintergrund versteht man so manche Verhaltensweise und Informationsgestaltung vielleicht etwas besser. Aber wer macht sich schon die Mühe, dahinter zu schauen? Von wegen ausgewogene Meinungsbildung und Meinungsvielfalt! Unsere lieben Medien, allen voran das Fernsehen, arbeiten stattdessen offenbar intensivst an einem von Eil- und Skandalmeldungen gespickten Leben im *Daueraffekt*. Das Informationskarussell dreht sich immer schneller. Zum Durchatmen und Nachdenken kommt kaum noch einer. Weniger Nachrichtensendungen wären vielleicht besser! Soll aber vermutlich nicht so sein! Nur noch Reaktion auf permanent produzierte und zugleich Einschaltquoten und damit Marktanteile bringende Empörungs- und Krisennachrichten und -geschichten! Wir scheinen die Krise zu lieben! Und ansonsten: die vollständige Verblödung des Publikums steht auf der Tagesordnung. Schmalzfilmchen, Schlagersendungen und irgendwelche Realityshows ersetzen den früheren guten alten Dorf-klatsch. Bis in die Wartezimmer unserer Ärzte verfolgt uns das über die sogenannte Regenbogenpresse. Du kannst gar nicht mehr dran vorbei-hören und -sehen! Gefühlt geht es um die Ausschaltung gesunden Men-schenverstandes! Eigenständiges Denken ist vermutlich nicht mehr erwünscht! Die Kühe sind lila und Bauern suchen ständig nach Frauen! Tolles Weltbild! Und dann reden die bei uns in der Schulausbildung von mehr Kreativität, Eigeninitiative und Selbstvertrauen!" Mann, da liegt also der Hase im Pfeffer! Hätte man auch selber drauf kommen können! Bildung und Medien! Deswegen redet der sich so heiß! Wie-der mal die Feststellung: Alles hängt irgendwie zusammen. Aber mal ehrlich, wer blickt das schon und hat das ständig vor Augen?

„Aber Paul," meldet sich Willi noch Mal aus der Ecke, „ was iss denn dann mit den vorgefassten Weltbildern, die du eben erwähnt hast? Ich hab das doch richtig verstanden: die meisten suchen bei all dem Nachrichtensalat nur nach Bestätigung ihrer eigenen Vorstellun-gen. Und die, die haben sie von ihrer Umgebung, den Eltern, Freunden und was auch immer - oder? Oder hab ich da was völlig falsch verstan-den? Und wenn das so ist, ist doch eh egal, wer hier versucht, wen oder was zu manipulieren!"

„Ne, klar, öffentlicher Amoklauf, klar Terroranschlag oder waffenverliebtes Elternhaus! Giftmüll, na klar, Großindustrie! Hat man Alles doch irgendwie schon immer gewusst! So sind doch die Einstellungen, die vorgeprägten Meinungen." schiebt nun Norbert energisch dazwischen. Vorgeprägte Meinungen?! Und ich dachte immer der Kopf ist rund, damit die Gedanken auch mal in die andere Richtung drehen können! Und Nobbi weiter: „Da hörst du: zwölf Tote beim Busunglück in diesem wohlbekannten Guffnuckien! Weinende Menschen am Straßenrand! Wie schrecklich! Aber kein Wunder! Iss doch klar! Die Busse in Guffnuckien sind ja sowieso immer halb kaputt und die haben nur ein paar übermüdete Busfahrer, klar doch! Trotzdem: irgendwie interessanter als zum Beispiel die circa zweihundertfünfzig Verkehrstoten pro Monat bei uns in Deutschland! Nur langweilige Zahlen!"

„Korrekt, mein Lieber." Paul ergreift wieder das Wort! „Das Normale ist langweilig und mal ganz ehrlich, wer von uns freut sich denn nicht, wenn seine Vorurteile und die Klischees durch den einen oder anderen prominenten Teilnehmer einer dieser wirren TV – Gesprächsrunden oder durch offizielle Expertenberichte untermauert werden. Hört man doch irgendwie gerne! Genau wie du es sagst, Norbert: ist doch klar! Haben wir doch schon immer gewusst! Je eingängiger eine Geschichte, umso schneller greifen wir zu. Je größer die Zahl der palavernden Experten, umso schneller sind wir überzeugt. Aber am aller wichtigsten ist das, was wir schon vorher im Kopf haben. Hinzu kommt dann manchmal zusätzlich noch unsere aktuellen Stimmungslage. Wenn die Sonne scheint im Urlaub, dann übersieht und überhört man schon mal leicht die Katastrophennachricht. Ganz anders an einem dunklen Novembertag zu Hause auf dem Sofa! Na, ist es nicht so?"

Buah, das wird jetzt wieder sehr kompliziert! Zu theoretisch Alles! Was heißt das denn jetzt? Werden wir nur noch manipuliert oder wissen wir schon Alles vorher? Unglücksmeldungen bei Regenwetter passen besser? Iss denn Alles nur falsch, hysterisch oder strohdoof, was da täglich serviert wird? Quasi rezeptfrei für abgestumpfte Vollpfosten! Vermutlich nicht! Alle schauen gerade etwas betroffen drein und schütteln ihr mehr oder weniger weises, zumindest aber älteres Haupt, ich inklusive. Es ist ja immer etwas dran, an dem was der Paul manchmal so raushaut. Das wissen wir ja! Aber richtig verstehen und einordnen ... das klappt am Stammtisch nicht immer reibungslos und schon gar nicht in Rekordzeit.

Unser Ältester, der Franzel schaut in die Runde: „Mein lieber Paul, nun komm mal wieder runter von dieser Psychonummer. Eins nach dem anderen, bitte! Wir verkraften das nicht so schnell wie du es uns um die Ohren haust. Und das weißt du auch!"

Paul trinkt gerade sein Bier aus und kommt gar nicht zum Antworten. Der Willi platzt einfach dazwischen: „Wenn ich auch mal was sagen darf. Du bist gleich wieder dran, mein lieber Paul. Aus meiner Sicht ist doch in den letzten Jahren die Vielfalt der Medien größer geworden, oder? Spezialzeitungen und -sender für Tierfreunde, Berge

und Sport, wo du hinsiehst. Selbst für 's Bier! Welt- und Regionalnach-
richten rund um die Uhr. Ohne Pause! Kultur und Schulsender. Was
will man denn mehr. Früher gab es das nicht! Selbst Fußballvereine
haben ihr eigenes TV. Ob man 's nun braucht oder nicht! Und was ist
mit dem Informieren im Internet und den dortigen Quellen? Weltweit
und rund um die Uhr? Jeder kann sich doch heute mit ein paar Klicks
alle möglichen Informationen nach Hause holen. Filmchen für alles und
jedes inklusive." Klicks, es geht wieder los! Jetzt fehlt mir wieder was,
glaub ich! Das macht Lieschen, das mit den Klicks!

„Und das gilt nicht nur für das Rausbekommen von Schnäpp-
chen durch Qualitäts- und Preisvergleiche." Genau, dacht ich doch,
macht Lieschen!

„Und schließlich hat jeder die Chance, zu irgendwelchen Er-
eignissen auf der Welt selber seinen Kommentar ins Internet zu stellen.
Völlig privat und frei, aber natürlich auch unkontrolliert. Man brauch
doch bloß mal die vielen privaten Seiten und die sozialen Netzwerke
anzuschauen." Da, schon wieder diese Netzwerke! Ich bin außen vor.
Alle anderen scheinen das aber zu verstehen und nicken!

„Ok, ein paar Falschmeldungen, also diese berühmten *fake
news* sind dabei. Was soll 's! Es ist wie beim Friseur. Da werden auch
alle möglichen Geschichten in die Welt gesetzt! Schließlich sind in
diesen Netzwerken mittlerweile freie Profis, also freie Journalisten
unterwegs, so ohne Bindung an irgendwelche Verlage oder, wie du
sagst, Konzerne oder politische Vereine. Da war letztens einer hier und

hat ein paar Bierchen getrunken nachdem er den Bericht über unser Flüchtlingscamp gemacht hat. Und noch eins, bevor ich 's vergesse." Willi ist grad nicht mehr zu bremsen! „Genutzt wird das Internet ja mittlerweile von siebzig bis achtzig Prozent der Deutschen. Und das trotz mangelhafter Leitungs- und Übertragungsqualität! Fast jeder trägt das Internet ständig mit sich rum. Manchmal hat man das Gefühl, alle glotzen nur noch auf ihre Smartphones und nehmen ihre Umwelt nicht mehr wahr."

So iss es! So iss es wirklich! Einer von denen hat mich da letztens fast umgelaufen an der Bushaltestelle. Richtig gefährlich, dieses Internet!

„Da war doch letztens so ne Studie im Fernsehen zu diesen Zahlen, wenn ich mich nicht irre! Keiner ist mehr auf nur eine Informationsquelle angewiesen, wenn er nicht will!"


Irgendwie schalte ich gerade mal ab! Was die so alles wissen, meine Stammtischbrüder. Also ich gehöre nicht dazu, zu den siebzig bis achtzig Prozent. Das sind ja umgerechnet immerhin etwa sechzig Millionen von uns, von uns Deutschen. Unglaublich! Ich fühl mich gerade ertappt und ein wenig zurückgeblieben. Internet macht Lieschen. Und ab und zu, immer häufiger sogar, unser Sohnemann. Aber was soll ich da. Preise kann ich auch anders vergleichen. Man denke mal nur an unsere Reklameblättchen und so was. Zumindest weiß man dann, wo es die günstigsten Küchen und Biersorten in der direkten

Umgebung gibt. Egal! Nur kein schlechtes Gefühl jetzt! Mir geht es auch ohne dieses Internet ganz gut. Und ob die Nachrichten nun vorsortiert sind oder nicht, wen kümmerst denn wirklich? Mich jedenfalls nicht! Wichtig sind das Wetter, im Radio die Verkehrshinweise und die Fußballergebnisse. Alles andere, also so 'n Flug-, Bahn- oder Busunglück in Südamerika, Genmais in Asien, die Thronnachfolge in Belgien, der Amoklauf an der XY-Schule oder der Bürgerkrieg in *Hastenichgesehen* hat mit meinem Alltag sowieso kaum was zu tun. Denk ich jedenfalls. Arbeitsplätze, Klima und Umwelt vielleicht. Aber auch nicht wirklich und vor allem nicht jeden Tag. Herrje, warum soll ich mir da überhaupt *en Kopp* zur Nachrichtenqualität und so weiter machen. Wie war das: reduzierte oder manipulierte Realität. Was soll 's und was heißt das überhaupt? Außerdem schlafe ich sowieso immer bei den Nachrichten ein. Prima Schlafmittel! Und mal ganz ehrlich: wichtig ist, was im eigenen Städtchen passiert. Und sonst: Hauptsache der Fußball kommt in Zukunft nicht nur noch über dieses blöde Privat- und Bezahlfernsehen mit der ganzen Werbung drin.

„Ja genau, Willi!" Norbert reißt mich aus meinem Gedankenfluss und zwingt mich so zum nächsten Schlückchen. Hallo wach! „Das mit der Studie hab ich auch noch so im Kopf. Fast dreißig Millionen nutzen sogar diese Sozialen Medien, also diese Facebook und Co. Iss gewaltig, was da so abgeht."

„Nun ja, mehr Informationsangebot, mehr Nachrichtensender,

mehr Kultursender und was sonst noch immer, heißt aber noch lange nicht mehr Qualität, und schon gar nicht besseres Wissen auf unserer, der Empfängerseite. Und selbst gute Qualität kommt ja nicht rüber, wenn sie kurz vor Mitternacht oder auf irgendeinem Spezialkanal kaum einer mehr anschaut!" Paul meldet sich zurück! Leicht frustriert scheint er zu sein. Auf jeden Fall hat Willi ihm noch ein Bierchen geholt und setzt sich wieder zu uns.

„Aber im Internet wird auch wie wild manipuliert!" bläst der *schönne Nobbi* mal einfach so in den Raum. „Was zum Beispiel auffällt bei den Suchmaschinen: die ersten Stichworttreffer sind meist bezahlte! Also wie Werbung. Gesponserte Anzeigen sozusagen." So, jetzt bin ich gleich ganz raus oder lass mir das doch Alles Mal von Lieschen erklären! *Stichworttreffer*! *Suchmaschinen*! Das gute alte Lexikon hat wohl wirklich ausgedient, scheint mir: Altpapier! „Neutral ist das schon lange nicht mehr. Selbst bei den Wissensplattformen wie *Wikipedia* geht das schon so los." Ja, ja der Norbert, Wissensplattformen! Wiki - wer? Ich kennt nur Wiki, den kleinen Wikinger. Der *schönne Nobbi*, unser Jüngster! Er ist voll drin in diesem Computerkram. Und schmeißt unsereinen dann mit Sachen tot, die man bisher nur so mit halbem Ohr mitbekommen hat.

„Mir scheint, wir denken alle, dass die Medien, egal welche, nicht so unabhängig sind, wie sie uns Glauben machen wollen." Schau an, der gute Franzel scheint bei dem ganzen Kram bestens mitzukommen. „Und obwohl wir das wissen können wir uns nicht so richtig wehren gegen die Beeinflussung. So iss es doch, Paul? Ich meine, ganz besonders gilt das, wenn das Beeinflussen mit Bildern passiert. Achtet mal drauf. Egal, ob im Fernsehen, Internet oder in der Zeitung. So ein Bild sagt ja bekanntlich immer mehr als tausend Worte. Das berührt uns ganz anders wie ein Nachrichtensprecher im Studio oder ein aufgeregt zappelnder Journalist vor einer Kamera in *Weißichnichwo*. Iss doch so? So ein Bild von weinenden Kindern im Flüchtlingscamp, von kleinen Tieren vor einer Waldbrandkulisse oder eine brennende Nationalflagge oder selbst die richtig Automarke für James Bond. So was bleibt besser hängen! Auch im Unterbewusstsein!"

Franzel kommt mir jetzt schon vor wie ein Prediger in der Wüste. Aber das mit den Bildern, das stimmt wohl. Die Macht des Bildes, heißt es schließlich immer! Kenn ich von meinem Lieschen. Die springt auf so etwas voll an. Kleine Eisbären, spielende Kinder auf Schrotthaufen, tote Tiere, völlig aufgelöste Mütter, die Ihre Kinder nicht mehr im Griff haben, hinkende abgemagerte Patienten vor einer provisorischen Krankenstation, der Mörder war immer der Chefarzt und so weiter. Wenn so was kommt, geht zu Hause gleich eine Grundsatzdiskussion los. Da werden Vorurteile geboren oder verworfen. So schnell kann man gar nicht gucken.

„Das mit den Bildern hat was mit Gefühlen und genau dem Unterbewusstsein zu tun. Aber viel schlimmer ist doch dieses Fotoposten der Gaffer bei Unfällen oder sogar bei Gewalttaten! Aber nicht vergessen! Auch Bilder lassen sich leider ganz schnell und einfach retuschieren und fälschen heutzutage. Überlegt mal: die Wirkung ist entsprechend schlimmer!" ergänzt Paul mal wieder mit einem kleinen wissenschaftlichen Beitrag den Franzel.

„Die richtigen Bilder zur richtigen Zeit bringen die besten Quoten und für den Einzelnen im Internet die meisten Klicks. Das Einzige was für einige überhaupt noch zu zählen scheint! Zum Lesen hat sowieso kaum noch einer Zeit oder Lust heutzutage. Das sagt mein Sohn dazu. Und der, der muss es wissen! Der iss Experte. Der arbeitet nämlich bei so ner Werbefirma!" stellt Willi fest. Und weiter: „Aber ansonsten geht es heute wohl immer erst Mal darum, die Leute durch schockierende Bilder und gängige Schlagzeilen auf seine Titelseite zu ziehen oder am Weiterzappen im Fernsehen zu hindern. Ob dann nach zwei, drei Tagen eine Richtigstellung kommt? Wen interessiert das überhaupt noch? Wer liest schon auf Seite fünf das Kleingedruckte! Oder wer prüft selbst eine Statistik nach oder so? Ist erst einmal ein Gerücht oder eine Sensation mit einer passenden Geschichte in der Welt, dann gibt es kein Halten mehr. Egal wie strunz dumm manche Sachen oder Sendungen sein mögen! So wurde wahrscheinlich das Wort *Lügenpresse* geboren – oder was meint ihr? Und zu guter Letzt, das sag ich euch, da landen all diese Themen bei mir an der Theke. Das krieg ich ja fast täglich hautnah mit. Da wird sich dann ausführlich das Maul zerrissen."

„Tja," kommentiere ich spontan, „ ... und da werden dann die Gerüchte und Geschichten weitergesponnen. Wie bei einem guten Nachbarschaftratsch. Es entstehen manchmal ganz neue, oft merkwürdige Informationen! Ich versteh zwar nicht viel davon, aber die längste *Tratschtheke* ist dann wohl jetzt das Internet – oder?" Alle grinsen mich an und heben nickend die Gläser.

Jeder hier weiß ja, dass er ab und zu selber in der Kneipe mit dabei ist, wenn man sich über irgendetwas oder irgendwen das Maul zerreißt. Aber im Internet? Jeder Bürger kann da ja wohl seine Weltsicht in die selbige setzen! Rund um die Uhr, quasi pausenlos! Wurscht, ob falsch oder richtig! Ob beleidigend oder kriminell! Das hab ich heute auf jeden Fall so verstanden! Jeder wird zum Nachrichten- und Geschichtenproduzent ohne Aufsicht und Redaktionsschluss! Und als ob der Paul es bestätigen muss ... : „Ja, so ist es wohl. Jeder kann diese weltweite Theke, diesen globalen Informationsmarktplatz nutzen und seine Empörung oder Aufgeregtheit kund tun. Überlegt mal, was man manchmal von der Theke hier mit nach Hause nimmt."

Himmel nochmal, was ich schon Gerüchte gehört und auch selber weitergetragen habe! Und dann: Alles verkehrt, verkehrt verstanden und verkehrt weitererzählt! Schock schwere Not: das machen andere jetzt weltweit! Da verbreiten sich die Dinge völlig losgelöst. Bäng, keine Zeit mehr für langwierige Nachforschungen! Was ist falsch, was ist richtig? Von wegen Nachrichtenqualität! Mir scheint: es lebe das Marktgeschrei, das Katastophengeheul!

„Richtig! Wie im Schneeballsystem verbreitet sich eine Nachricht, ein Bild vom Nächsten zum Nächsten. Und im Netz ist so was viel, viel schneller rum und mit sehr vielen Menschen auf einen Schlag!" Aha, genau. Wusst ich 's doch! Zu Schnell, zu viel - gefährlich, dieses Internet! Mein Reden!


"Das Alles bleibt unterschwellig hängen! Es ist wie bei der Werbung im Supermarkt!" „Das ist total verrückt, Professorchen!" hakt jetzt Norbert mal wieder ein. „All das würde ja bedeuten, dass wir nur ganz wenig wirklich als neutrale Information bezeichnen können. Und wir sind selber auch nicht neutral! Unsere Köpfe mit Halb- und Schlagzeilenwissen werden täglich gefüttert, quasi zugemüllt, geschickt gefiltert und alles wird immer aufgeregter. Kaum zu glauben, das Alles! Tja, und im übrigen, meine Lieben, mal zurück zu meinen Daten für die Versicherung! Heute hab ich was gelernt: wenn zwei Versicherungsmenschen die lesen, dann werden diese Informationen ganz unterschiedlich verstanden und ausgelegt! Tja, was haben wir denn da: Beruf LKW – Fahrer! Da hat doch schon jeder so seine Vorstellungen. Na, denn mal Prost!" Er lacht, der *schönne* und sein Bierchen segnet das Zeitliche.


So - ich denke, ich hab genug für heute. Es ist ja auch schon spät. „Ich hab da ne tolle Information für euch!" Pause. Alle schauen mich entgeistert an. „Ich troll mich nach Hause. Der Tag war lang und morgen geht es früh wieder los!" Na, was iss denn jetzt los! Alle schauen sofort auf die Uhr und ruckzuck stimmen mir alle zu. Egal was sie vorher im Kopf hatten. Toll, find ich! Nach all dem, was ich heute so erfahren habe!

Franzel begleitet mich draußen noch ein Stückchen. „Sag mal, du bist ja ganz schön fit in Sachen Computer und so. In deinem Alter ..." Er schaut mich etwas merkwürdig von der Seite an und entzündet sein kleines Pfeifchen dabei. „Also Michel, was soll das denn heißen? Im Betrieb läuft bei uns gar nichts mehr ohne diese Dinger. Produktionsroboter sag ich nur. Künstliche Intelligenz und was noch alles so kommt! Und außerdem mach ich gerade so nen Kurs: Internet für Senioren. Ganz schön spannend. Wenn ich nächstes Jahr im Ruhestand bin, will ich noch verstehen, worüber meine Enkel sprechen, weiß du. Aber du bist doch deutlich jünger als ich. Wie sieht das denn mit dir aus?" „Also im Job brauch ich das Computerzeugs nicht, noch nicht jedenfalls. Mal von ein paar modernen Einstell- und Messgeräten abgesehen. Und zu Hause macht Lieschen alles, was damit zu tun hat. Du und überhaupt, ich kommt ganz gut klar so. Mich interessieren ja nicht so viele Dinge. Ein bisschen Fußball, sonntags Tatort und ab und zu mal ne schöne Natursendung oder Schlagershow, damit ist mein Unterhaltungsbedarf schon fast gedeckt. Außerdem hab ich im Auto unser Regionalradio auf den Ohren. Schon allein wegen dem Verkehrsfunk, weißt du. Aber was da so manchmal an Alltagsklatsch und –trasch berichtet wird! Erstaunlich sag ich dir! Nur die Werbung nervt! Lieschen ist da anders, die schaut sich solche Ratgeber- und Lebenshilfeshows an und sucht ständig nach irgendetwas im Internet. Preisvergleiche, neue Klamotten, Urlaubsreisen und solche Dinge halt. Und eine große Leseratte war ich auch noch nie. Mir reicht eben meine tägliche Dosis *Bild dir deine Meinung* in großen Buchstaben. Schließlich unser Sonntagsblättchen. Da steht drin, was alles direkt um uns herum passiert, also Alles was man so weiß und wissen müsste. Schützenfest und Adventskaffee, was macht der Bürgermeister oder diese ganzen Anzeigen. Nicht nur die mit dem schwarzen Rand und den Trauerbotschaften, sondern wer gerade heiratet, seinen Schulabschluss gemacht hat und eingeschult wird. Heute scheint jeder solche Dinge gerne öffentlich zu machen. Nicht nur in diesen komischen sozialen Netzwerken oder wie das heißt." „Social Media – mein Lieber, soziale Netzwerke ...," Franzel schaut mich von der Seite mitleidig an. „Du bist ganz schön außen vor, was diesen ganzen Internetrummel angeht, stell ich fest. Und wenn ich so an Fernsehen denke, hm. Bei vielen von uns rauscht der Fernseher täglich durchschnittlich fast vier Stunden, hab ich letztens irgendwo aufgeschnappt. Aber wenn ich unsere Kinder und Enkelkinder anschaue, da wandelt sich das! Die ersetzen Fernsehen immer mehr durch Internet. Nicht nur durch diese blöden Spiele, nein! Die schauen sich dort Filme an, die sie sich vorher aussuchen und dann runterladen. Immer häufiger. Eigentlich fein, quasi Videothek direkt ins Wohnzimmer.

Die lesen sogar ihre Zeitung nur noch online!"

„Siehst du, Franzel *online*. Schon damit kann ich immer noch zu wenig anfangen, aber warum auch? Für Fritzchen wird das sicherlich mal wichtig, aber für mich?" „Na ja – schau mich an. Wie schon gesagt: ich fang jetzt noch mal an damit. Ich hab so ein paar Interessen und Hobbies, bei denen mir der Blick in die große weite Welt des Internets schon helfen kann. Ich denk mal nur an Ersatzteile für meine kleine Minimotorensammlung. Und wenn die Enkelkinder kommen und fragen: Opa, du sagst immer, als du so alt warst wie wir, da gab es noch keine Computer! Ja! Aber Opa, wie seit ihr denn überhaupt damals ins Internet gekommen. Wenn du so was hörst, kommst du ins Grübeln, sag ich dir. Kinder und Enkel verstehst du irgendwann nicht mehr, wenn du nicht dran bleibst. Abgehängt, sag ich nur, abgehängt!"

Tja, eigentlich hat er wohl Recht, der Franzel. Ich bin in dieser Hinsicht schon ein bisschen altmodisch und veränderungsscheu. Aber irgendwie ist das Leben unaufgeregter, wenn man nicht jede Minute alles mitbekommt auf so nem Smartphone. Und wenn man so ein Ding an hat, dann kann man dem ja gar nicht mehr entfliehen, scheint mir. Manche haben ja schon regelrecht Panik, sie könnten irgendwas verpassen. Kein Empfang auf ihren Handys, eh, sorry, Smartphones: was jetzt? So wie letztens bei unserem Bergurlaub die zwei aus Berlin! Was haben die eigentlich gemacht, als es das Alles noch nicht gab?

„Du, ich wünsch dir noch nen schönen Abend, Franzel, ich denk mal drüber nach und vielleicht kannst du mir ja dann mal Nachhilfe geben," ich grinse vor mich hin und biege ab und Franzel nickt mir noch kurz zu.

„Komm gut nach Hause, Michel!" Er steigt in sein kleines Töfftöff, ein Ost - Oldtimer, den er selbst wieder fit gemacht hat. Tolle Sache, aber stinkt fürchterlich! Wahrscheinlich lebensgefährlich, wenn man es stundenlang täglich einatmet.


Es iss zum Mäusemelken! Was soll man bloß zu all dem Informationsgedöns noch denken? Die letzten Schritte bis zur Haustür. Irgendwie ist das mit unseren Informationen und Medien schon ziemlich verwirrend und kompliziert, zumindest für meiner einer. Ob ich da in der Minderheit bin? Mir scheint, je mehr man erfährt oder vielleicht besser glaubt, zu erfahren, umso komplizierter und gefährlicher wird Alles. Umso mehr schlechte Laune und Sorge! Und was ist gute Information und was schlechte? Wer soll das als Normalsterblicher beurteilen? Da streiten sich selbst die Experten!

Und vor allem: geht es mir schlechter, nur weil ich weniger als vier Stunden pro Tag Fernsehen schaue, mich mehr für das heimische Wetter als die Weltnachrichten interessiere und Internet für mich ein Fremdwort ist? Ich glaube nicht! Ein ausgiebiges Thekenschwätzchen pro Woche und das tägliche Frühstücks- oder Mittagspausengeschwafel auf der Arbeit macht einen nachrichtentechnisch schon ganz schön jeck. Und dann kommt abends noch Lieschen dazu mit den letzten im Supermarkt aufgeschnappten Horrormeldungen des Tages. Frei Haus zum Abendbrot!

Dabei ist unser Alltagsleben doch völlig normal. Ich war noch in keinem Brennpunkt! Ich kenne auch niemanden, der so was erlebt hat. Wird eigentlich auch mal drüber berichtet, dass unsere Busse pünktlich sind und unsere Kreisstraße keine Schlaglöcher hat oder unsere Grundschule erstaunlicherweise sogar eine intakte Toilette und ein vollkommen dichtes Dach hat. Unser Hundeverein hatte noch keinen Kampfhundvorfall zu beklagen. Der Sparclub in Willis Kneipe hat eine neue Höchstgrenze erreicht und der Schützenverein hat den Vorsitzenden gewechselt. Das sind doch mal Neuigkeiten! Nicht wirklich, aber irgendwie normaler, näher dran! Was soll der ganze Quatsch also? Gute Medien, schlechte Medien!? Hauptsache ich hab meine Ruhe und es bleibt alles, wie es iss, dann geht es uns nämlich gut – oder?

## Unsere Politik

Es ist mal wieder Sonntag. Sonntagnachmittag, um genauer zu sein! Kaffeezeit. Schwiegerpapa und Schwiegermama haben uns beglückt und es gibt selbstgemachten Streuselkuchen Für Onkel Herbert, der dem Ruf seines Bruders, also Schwiegerpapa, gefolgt ist, gibt es natürlich seinen geliebten Tee. Kaffee mag er nicht, der Onkel Herbert, unser Single. Frührentner von der Steinkohlezeche. Mit fünfzig schon und das ohne größere finanzielle Verluste. Tolle Sache für ihn, eigentlich. Aber er langweilt sich und mosert nur noch rum. Besonders zu allem was sich Politik schimpft. Die Welt ist schlecht und geht sowieso bald unter!

Schwiegerpapa, also sein Bruder ist deutlich älter, hat aber erst vor kurzem seine gelbe Uniform als ehrenwerter Bundespostbeamter ausgezogen und seine Pension angetreten. Beide sind von der vielzitierten Altersarmut sehr weit entfernt, fällt mir spontan ein.

Nur Fritzchen, der fehlt. Hat sich abgeseilt, der Bengel, nach gegenüber. Dort wird bestimmt wieder stundenlang gedaddelt. Die beiden Jungs da haben so ein Riesenteil an der Wand hängen, auf dem dann der computergesteuerte Ball rollt. Tja, wir sind da früher lieber selber spielen gegangen. So ändern sich die Zeiten. Jedenfalls kommen die Jungs abends nicht mit aufgescheuerten Knien und kaputten Schuhen nach Hause, sagt Lieschen immer. Na, dafür haben sie Muskelkater in den Fingern und ne Sehnenscheidenentzündung im Arm!

„Noch en Kaffee?" Lieschen steht mit der Kanne am Tisch. „Ich setz auch gern noch einen auf!"

„Haste gelesen? Jetzt geht die ganze Show wieder los! Wahlen, wo du hinschaust! Superwahljahr! Vor lauter Wahlkampf kommen die gar nicht mehr zum arbeiten!" Wie üblich ist Onkel Herbert, schon seit er da ist, mit Schwiegerpapa in der Politik unterwegs. Die beiden haben vermutlich sonst nichts mehr zu bequatschen!

„Was meinst du mit *arbeiten*? So politisch im Bundes- oder Landtag? Nennt sich das Arbeit? Wenn du das im Fernsehen siehst: die Plätze sind doch meistens völlig leer da in Berlin und Düsseldorf und so weiter! Was soll dabei schon Großartiges rumkommen? Große Ankündigungen und Versprechen und dann Koalitions- und Kompromissgedöns und am Ende: Pustekuchen! Nicht das Erreichte zählt, sondern das Erzählte reicht. Aus die Maus! Was soll schon anders oder gar besser werden?"

Große Frage des Herrn Schwiegerpapa, die er, wie meist üblich, gleich selbst beantwortet: „Iss sowieso egal, wer da dran ist. Kein Wunder, dass die Anzahl der Nichtwähler so groß ist! Die Herrschaften können doch gar nicht mehr anders. Unsere gesellschaftlichen Apparate und Systeme sind so unübersichtlich geworden, so kompliziert, da blickt doch eh keiner mehr wirklich durch. Also traut sich auch keiner mehr so richtig ran. Die tun doch nur so, als wüssten sie, wie Alles funktioniert und zusammenhängt, diese Politprofis mit ihrem unverbindlichen Geschwurbel. Wenn du an einem Schräubchen drehst, weiß doch kaum einer genau, was sich an anderer Stelle so mit dreht. Und so ne neue Regierung kann ja eh nicht von heute auf morgen Alles anders machen. Die Vereinbarungen, Gesetze und so weiter, das was die Vorgänger und Vorvorgänger verbrochen haben, sind doch nicht so einfach schwups von heute auf morgen weg. Das lässt unser politisches System gar nicht zu. Und überhaupt, wenn die Parteien und ihre Vertreter da im Bundestag und so, glauben, sie würden uns regieren, dann irren sie sich ganz gewaltig. Das haben doch schon längst die großen Verwaltungsapparate übernommen, die Ministerialbürokraten."

„Stimmt, zusammen mit den Lobbyisten!" Onkel Herbert kommt aus dem Knie wie en Heckenschütze! Er guckt auch so! Ich weiß, was jetzt kommen muss. Seine berüchtigte Verschwörungstheorie: nur die Reichen, also die, die sich so 'n Lobbykram leisten können, bestimmen was passiert. Was politisch entschieden wird oder eben nicht!

„So iss das! Und die zusammen mit diesen Marktschreiern, diesen Sprücheklopfern, die einem heute dauernd auf der Mattscheibe oder der Titelseite der Zeitungen begegnen. Diese medialen Hirnzwerge: nur hohle Sprüche für hohle Köpfe, sag ich dir!" Schwiegerpapa schießt schnell und energisch dazwischen. Ob er das wirklich beurteilen kann? Das mit den Medien und so? Ich weiß da seit unserem letzten Stammtisch nämlich Bescheid. Bestimmt! Aber er so? Und Hirnzwerge, ich weiß nich!? Tut denen doch auch weh, oder?

„Du, das iss doch alles ein riesiger Affenzirkus, da in Berlin, Brüssel oder sonstwo: Politiker, Parteien, Journalisten und Lobbyisten. Wer macht denn da eigentlich wirklich Stimmung und Meinung und unter 'm Strich Politik? Und die glauben tatsächlich, wir, das Wahlvolk, kriegen das nicht mit! Wir die blöden Schafe, deren Sorgen man ernst nehmen muss! So heißt es doch immer. Der Wähler erwartet jetzt eine Entscheidung! Hast du den schon mal gesehen: diesen Wähler! Und dann plötzlich ist alles alternativlos! Bums! Floskeln wo du hinhörst! Und alles für die Wähler oder eben aus Frust: die Nichtwähler!"

„Na ja," mischt sich Schwiegermama jetzt in ihrer sanften diplomatischen Tonlage aber mit bekannt scharfer Zunge ein. „So ruhig, wie wir als Wahl- oder zunehmend Nichtwählervolk zumeist sind und eben alles diesem *Die-da-oben-machen-sowieso-was-sie-wollen-Theater* überlassen, da kann man als Politiker wohl schon mal den Eindruck gewinnen, dass uns irgendwie die bürgerliche Ruhe wichtiger ist, als die passenden Entscheidungen für eine gedeihliche Zukunft!"

Buah, *gedeihlich*, wie schön ausgedrückt! Mir bleibt das Stückchen Streuselkuchen fast in der Kehle hängen. Da kommt doch gleich wieder die ehemaligen Chefsekretärin unseres Kieswerks durch, oder? Sollte ich jetzt auch mal was sagen? Aber ich bin zu langsam ...!

„Bei alle dem, liebste Mama," Lieschen hatte halt den Mund nicht so voll ... „ ... stört mich nur, wenn etwas zu Lasten unserer Sicherheit geht oder einfach ungerecht ist!" „Ja, ja", meldet sich Onkel Herbert wieder zu Wort, „ ... aber was ist schon sicher und was gerecht? Schwer zu sagen, mein liebes Lieschen, denn da hat ja fast jeder seine sehr persönliche Sicht drauf." Hat dazu nicht letztens der Paul auf dem Balkon was von sich gegeben? Und unser Weltbild fällt mir da auch noch zu ein!

„Schau doch nur mal unsere großen politischen Themen an. Nehmen wir mal das Gesundheitswesen oder das Steuersystem. Einfach, so auf der berühmten Rückseite eines Bierdeckels ist doch schon verdächtig. Das kann nicht gerecht sein. Und wie schon gesagt: weil keiner mehr so richtig komplett durchblickt – die Politiker sowieso am wenigsten - wird dort immer nur in akuten Teilbereichen rumgeschraubt und gebastelt. Und akut ist eben gerade das, was die Presse verdächtigt, empörend oder skandalös findet. Und ich vermute mal das ist das, was die Einflüsterer der gut organisierten und gesponserten Interessengruppen im Hintergrund gerade für sich beziehungsweise ihre Auftraggeber wichtig und vorteilhaft befinden."

Ha, wusst ich doch! Jetzt kommt sie wieder, die gute alte Verschwörungstheorie! Pauschale Unterstellung: Politiker haben alle einen Korruptionshintergrund! Der gute Onkel iss noch nicht fertig: „Da wird mächtig und rasant Stimmung und Meinung gemacht, liebes Lieschen! Die Politiker reagieren quasi im Affekt. Die Sorgen der Bürger ernst nehmen, aber es gleichzeitig allen Recht machen wollen. Unterm Strich kommt für uns, die Schafe anschließend wieder mal mehr Belastung raus. Gleichzeitig werden die dicken Krokodile immer fetter. Und damit wir das alles auch noch prima finden, kramt man die gut geölte

Umfrage-, Studien- und Statistikmaschinerie hervor. Mit denen erklären uns dann die vielzitierten und ebenfalls gut geschmierten Experten, dass es keine anderen Möglichkeiten gibt. Das Abendland geht sonst unter! Alle Alternativen sind ganz ungerecht oder viel zu unsicher. Alternativlosigkeit, wo du hinguckst! Studienergebnis: *Diesel ist gesund – gezeichnet Professor Doktor Graf von der Förderplattform.* So ist es doch! Denk mal nur an die vielen Ansätze in den letzten zehn, fünfzehn Jahren zur Vereinfachung unseres Steuerwesens oder zum Wettbewerb um billigere Medikamente zwischen Versand- und sonstigen Apotheken! Alles wird jenseits jeglicher Sachargumente emotional todgequatscht und vor lauter Kompromissgedöns und Parteiengezänk kommt nichts, rein gar nichts wirklich Greifbares dabei raus! Das iss so! Nach jeder Blitzaktionen und Flickschustereien stellen wir alle zusammen dann völlig fassungslos fest: jetzt ist es noch komplizierter! Hektisches Tagesgeschäft bei geistiger Windstille - Ergebnis: Alles noch teurer! Tja, leider hätte man vorher sowieso alles nicht sehen können! Wir reiben uns die Augen und schütteln den Kopf! Brillantes steuergeldfinanziertes Theater sag ich euch, brillant! Und dafür bekommen die dann auch noch ihre Diäten!"


„Na ja!" Jetzt endlich ich! „Du bist ja schon immer so total pessimistisch und siehst hinter jedem Baum eine Verschwörung, lieber Herbert! Wie soll es denn anders funktionieren? Schließlich sind das doch unsere gewählten Volksvertreter! Wer soll es denn sonst machen in so einer Demokratie?" „Stimmt zwar", meint Schwiegerpapa schnell bevor Onkel Herbert den Mund wieder leer hat. Streusel bröselt! „Die meisten auf diesen politischen Sitzbänken haben doch schon längst den Bezug zu uns und unserem Alltag und damit die berühmt berüchtigte Bodenhaftung verloren. Und, mein Lieber, meiner Meinung nach sind Parteien nur noch gut geölte Wahlmaschinen. Machterhaltungsapparate! Volksparteien nennen die sich! Überleg mal: selbst die Großen haben weniger als eine halbe Million Mitglieder und wenn es gut geht knapp dreißig Prozent der Wählerstimmen! Da lachen ja die Hühner! Egal, haben wir denn ein besseres System auf Lager?"

Richtig! Guter Punkt! Wie sagt Paul doch gleich: von den schlechten Möglichkeiten haben wir immer noch die Beste erwischt!

„Im Beklagen, im Beschreiben der Probleme sind wir ja allesamt inklusive unserer gewählten Volksvertreter meist recht gut." Jetzt klingt der Schwiegerpapa schon selbst sehr staatstragend! Wie der alte Dorfpfarrer bei der Beerdigung! „Kommt nämlich ausnahmsweise eine zum Problem passende neue Lösung auf den Tisch, wird es jedes Mal schwierig. Unangenehm! Besonders dann, wenn die altbekannten, gewohnten Spielregeln verletzt oder unsere Glaubensgrundsätze und Weltbilder ins Wanken gebracht werden." Donnerwetter, wo diese Weltbilder alle bloß her sind und auftauchen?

„Der Untergang der Republik steht vor der Tür. Im Zweifel schaffen wir uns selber ab! Auch wenn so manche bisher geltenden

Regeln und Lösungen völlig sinnfrei und hirnlos geworden sind. Die Welt ändert sich halt ständig und immer schneller. So scheint es! Und wir, wir klammern uns weiter an Herkömmliches, Gewohntes und Bequemes. Weg vom Gewohnten geht gar nicht! Das Neue ist im Zweifel natürlich ungerecht und wird zerrissen. Sofort bildet sich die Antifront! In jeder Fernsehshow treten die Gegner der neuen Lösung auf! Mit logischem Denken hat das dann schon lange nichts mehr zu tun. Lagerkampf, Wahlkampf für den besorgten Wähler! Nimm mal nur diese Energiediskussion. Atomkraft nein danke! Da wird gejault ohne Ende. Dann kommt die Energiewende und was iss los? Neue Stromleitungen für die Erneuerbaren will auch wieder keiner. Neues Geschrei und Gezeter! Also Volksvertreter willste dann doch bei so was auch nicht immer sein. Wirklich nich!"

„Also nun hör mal!" Onkel Herbert schlägt zurück. „So 'n Quatsch! Mir ist das doch völlig wurscht, wie viele Leitungen von wo nach wo durch Deutschland Strom transportieren. Das sind doch wieder nur so ein paar örtlich gut organisierte, aufgebrachte und von diesen grünen Experten aufgeschreckte Anwohner! In diesem Fall sogar mal ausnahmsweise im Verbund mit der Atomstromlobby! Die machen auf einmal gemeinsam Musik mit ein paar alternativen Ärzten und gekauften Sachverständigen. Von einer grundsätzlich neuen Systemlösung für die Energieversorgung in der Zukunft wird so prima abgelenkt." Herbert meint jetzt bestimmt die autarken *Versorgungsinseln*. Lieblingsthema von meinem Chef!

„Im Zweifel, mein Lieber bezahlen wir es sowieso wieder. Egal was raus kommt, wir finanzieren das! Entweder über den Strompreis oder irgendeine neue sonstige Abgabe! Stromsoli wäre doch nicht schlecht - oder?"

„Momentchen Mal," greift Schwiegermama an dieser Stelle ein. „Eh ihr beiden euch jetzt in einem Streit über die nationale Energieversorgung, die gute alte Braun- und Steinkohle, die Atomkraft und was ist besser für Deutschland verliert, lass uns doch erst Mal bei unserer Politik generell und Herberts Verschwörungstheorie, wie Michel sagt, bleiben!"

Korrekt! Recht so! Ich bin immer wieder tief beeindruckt, wie sie die beiden Streithähne zur Ruhe verdonnert. Lernt man wohl als Sekretärin mit schwierigen Chefs. Wer weiß das schon!? Lieschen nickt grinsend und ich, ich weiß gar nicht so recht, wie dieser Nachmittag, dieser Sonntag noch zu Ende gehen wird. Gehört Onkel Herbert zu den Wutbürgern oder was?

„Noch en Kaffee vielleicht?" Lieschen schüttet ihren nickenden Gästen nach. Das beruhigt! Was wär jetzt bloß los, wenn wir schon das dritte oder vierte Bier hätten oder Eierlikörchen? Nicht auszudenken! „Ihr meint also," ich trau mich jetzt mal nachzuhaken, „unsere Politiker oder der ganze Apparat der Verwaltung und so weiter kann gar nicht anders als nur Stückwerk abzuliefern oder wie?"

„Stimmt genau, Michel!" Schwiegerpapa nickt vehement, „ ... nur vier Jahre Zeit bis zur nächsten Wahl, die Entscheidungen und Verpflichtungen der Vorgänger auf den Füssen und immer komplexer werdende Problemstellungen und jede Menge gut organisierte Einzelinteressen im Kombipack mit den Medien und ein auf Beharrung dressierter Verwaltungsapparat. Zu allem Überfluss sind da ja auch noch wir: das Wahlvolk! Oh je, oh je! Und alle zusammen haben wir eine erkennbare Schwäche für schnelle Lösungen. Damit wir schnell wieder ruhig schlafen können. Zu lange Diskussionen verunsichern nur. Nimm mal nur diese völlig unnütze Datenschutzdiskussion bei der Verbrechererkennung! Wer nichts Kriminelles vor hat, dem kann doch so eine Videoüberwachung schnurz sein – oder? Im Zweifel kommen schlussendlich Scheinlösungen bei alle dem raus. Halt Augenpulver für uns! Oder es wird nach Lösungen mit möglichst vielen Vorteilen für möglichst Viele gesucht. Koalitions- und Kompromissbrei! So entstehen Wahlgeschenke! Also mal ehrlich, lieber Schwiegersohn, was würdest du denn dann machen?" „Ich, ich hab keine Ahnung, bin ich Politiker?"

Jetzt schlägt 's aber dreizehn! Was soll ich, gerade ich jetzt dazu sagen! Dafür denk ich viel zu einfach, eher praktisch halt! Ich brauch aber auch keiner Wählerstimmen!

„Herbert hat also Recht", rettet mich jetzt Schwiegermama!

He, aber womit? „Gut bezahltes Affentheater, wo du hinsiehst." Nun redet Schwiegermama!

„Die Parteien können sich auf einer solchen Basis ja gar nicht mehr richtig unterscheiden. Ausgenommen die Extremen! Aber egal! Entscheidend sind sowieso die hinter den Kulissen. Diese Einflüsterer von Unternehmen und Verbänden wie Herbert sie nennt. Die sind anscheinend zu Hauf überall, wo du hinsiehst in Brüssel, Berlin und Düsseldorf. Zu hunderten! Der kleine Mann kann doch eh nichts ändern. Einfluss, sprich Geld, regiert die Welt, weder Regierungen noch Ministerien. Das geht da hin und her, sag ich euch. Ehemalige Politiker tauchen in Firmen wieder auf oder Verbindungsleute von Interessenverbänden und großen Unternehmen beraten auf einmal die Ministerien. Die sollen ja sogar schon ganze Gesetze vorformulieren. Hab ich letztens gelesen. Da kannst du doch nur sagen, weiter so. Es geht voran mit der Demokratie!" Kurzes Schweigen. Alle essen oder trinken und haben so den Mund voll! Wirklich! Bie all dem kann man schon Mal die Schnauze voll haben – oder wie?

Aber jetzt Mal wirklich!? Das kann man ja eigentlich gar nicht glauben – oder doch? Schließlich hat sie bei einer Unternehmensführung gearbeitet, die Schwiegermama! Haben Kieswerke eine Lobby? Aber noch Mal: dieser komische Menschenschlag der Bürokraten in Ministerien und Verwaltungen. Die formulieren Gesetze und Bestimmungen da, die dann keiner mehr versteht. Außer die Verfasser selbst.

Hoffentlich! Also diesen Menschenschlag kann doch einer aus der Wirtschaft gar nicht nachmachen. Aber wer weiß? Mutationen! Trotzdem: so verquer wie da geschrieben und geredet wird, denkt doch kein Normalo. Um solche Sachen zu verstehen, braucht man quasi Übersetzer, Spezialisten, so wie die Steuerberater, Notare und andere mehr! Ich sag nur Ehevertrag! Es ist wie bei komplizierten falsch übersetzten Bedienungsanleitungen von ausländischen Elektrogeräten! Bei den Stadtwerken haben wir extra zwei Juristen aus dieser merkwürdigen Sippe der Gesetzes- und Vorschriftendeuter! Wie im Mittelalter: die einzigen, die verstehen, was geschrieben steht! Die erklären uns, den Praktikern, nach – wie heißt das noch gleich: ausführlichem Aktenstudium - in fast verständlichen Worten, auf was wir zu achten haben. Beispielsweise bei den Energieanschlüssen in Neubauten und so weiter! Ganze Berufsgruppen leben davon! Das Deuten des Geschriebenen kostet meistens noch was und wenn es nur eine Verwaltungsgebühr ist. Von wegen eine einfache Steuerregelung auf der Rückseite eines Bierdeckels! Wo kommen wir denn da hin! Wo bleiben denn die Steuerberater wie der mit dem Dreitagebart oder die einfache Finanzbeamtin? Sorry, liebe Ulli! Die haben allesamt bestimmt ihre Lobby! Jetzt fällt mir wieder ein, was dazu in der Zeitung stand: Bürger und Politik verstehen sich nicht mehr! Gestörte Kommunikation! Kein Wunder! Entweder abgehobene Sprechblasen, Allgemeinplätze und dieses Geschwurbel in Sonntagsreden. Parteiprogramme, für die man ein Wörterbuch braucht oder völlig verschlüsselte Texte aus einem *Verwaltungskosmos*! Schönes Wort, nich wahr? Iss auch aus der Zeitung! Tja,

Berufspolitiker als Nervensägen! Wer versteht den Otto Normalverbraucher und seine Sorgen denn überhaupt noch?

„Nun mal langsam, Mutter!" Lieschen schaltet sich auf ein Mal ein und reißt mich unsanft aus der ungewöhnlichen Flut meiner Gedanken. „Wir können doch wählen, uns in Bürgergruppen engagieren oder auf die Straße gehen und protestieren! Und vergiss mal nicht das Internet" Bum, da haben wir es schon wieder! Hallo: was haben wir früher bloß ohne dieses blöde Netz gemacht??

„Also dort organisieren sich heutzutage doch ne ganze Menge von Interessen, von Protesten. Denk mal nur an die Umstürze in diesen nordafrikanischen Ländern und wie viel Angst so Länder vor so was haben. Da wird gleich alles radikal gesperrt!" „Und das meinst du, liebes Lieschen, das hilft?" Onkel Herbert fällt ihr unhöflicherweise ins Wort.

„Beim Ende der Steinkohle haben solche Proteste nicht geholfen und jetzt beim Stahl wird es wohl trotz Internet auch nichts. Und demonstrieren geht man doch heute schon allein aus Sicherheitsgründen nicht mehr. Wie schnell bekommst du dabei einen auf die Nuss oder noch schlimmer: du wirst mit so ein paar hirnamputierten Gewaltheinis in eine Kiste gestopft! Möglicherweise sogar verhaftet!"

Joo, ... kommst aber dann schon nach einer Nacht wieder frei ... denk ich so.

„Als ob das durch das Internet alles anders wird. Zumindest bei uns hier darf man Zweifel haben. Es iss ja auch einfach! Die meisten von diesen Wutbürgern, die wissen zwar wogegen sie sind, aber leider nicht genau wofür. Schau dir doch diese merkwürdigen Umstürze wo auch immer an. Wenn was aufgebaut werden soll, streiten sich alle wieder und schießen sogar aufeinander. Bloß so gegen etwas sein, ist eben einfacher! Alle zusammen *Schmalspurweltverbesserer* völlig be-kifft von einer einzigen fixen Idee! Das wär wohl auch bei Volksab-stimmungen nicht anders, das sag ich euch! Basisdemokratie. So was wie in der Schweiz! Alles Quatsch! Aber Protest hin oder her, zurück zum Thema: unsere gewählten Volksvertreter vertreten uns, das Volk, den kleinen Mann, schon lange nicht mehr. Ich wiederhole mich gern: die vertreten im Zweifel die Interessen derer, die ihnen Vorteile ver-schaffen können oder zumindest die Interessen derer, die am lautesten schreien. Manchmal auch halt weniger laut, aber ständig! Politischer Tinnitus! Fast so wie ein wohl erzogenes Kleinkind heulend auf dem Boden im Supermarkt! Wir haben ein Zweiklassengebilde: wir, die Normalen, die schweigende Mehrheit auf den Zuschauerbänken und die Akteure und ihre Hintermänner auf dem Parkett! So iss es doch!"

„Da sind wir uns einig!" Schwiegerpapa einer Meinung mit Onkel Herbert. Dass ich das noch erleben darf. Sonntags beim Kaffee! „Wohlorganisierte Meinungsmache! Die Politik reagiert reflexartig. Die eine Branche bekommt Steuererleichterungen. Schon aus Gerech-tigkeitsgründen ziehen dann Schritt für Schritt alle anderen nach. Laut-los und unerkannt! Das Geld fließt. Wie bei der Diätenerhöhung! Und das Allgemeinwohl und seine Hege und Pflege bleibt vor lauter Einzelinteressen und deren Finanzierung auf der Strecke!"

Zum Allgemeinwohl gehören dann wohl auch löchrige Straßen und die kaputten Bürgersteige ... oder vielmehr so was wie preisgünstigere Medikamente ... oder was auch immer? Allgemeinwohl, wer spürt das schon? Der Wähler natürlich. Da iss er endlich!


„Übrigens: Obdachlose haben vermutlich keine Lobby und sind auch politisch eher selten engagiert. Protestieren tun die höchstens in der Suppenküche! Zu wenig Nudeln drin, in der Suppe! Und kennt ihr einen Politiker, der Hartz vier bekommt? Bestimmt nicht. Was ich sagen will: unsere Politiker kommen alle aus gutem Haus. Wie man so schön sagt! Hoher Bildungsstand, gutes Einkommen ..." Worauf will Schwiegerpapa bloß raus?

„Halt mal, Papa!" Lieschen, du bist noch da! „Du warst doch Beamter und von denen sollen auch jede Menge in der Politik sein. Wieso du eigentlich nicht, wenn du Alles so viel besser weißt?" „Na, na – mal langsam mit die jungen Pferde! Das sind ja beurlaubte Beamte aus den höheren Gehaltsstufen, meine Liebe, meist Akademiker ..." ... und jetzt sind se Komiker ... ich schmunzle still vor mich hin.

„Du weißt schon, Studierte. Die alle vertreten doch nicht die sozial Schwächeren. Wie schon gesagt: die wissen doch gar nicht, was bei denen so läuft. Die können sich in die Lage eines Arbeitslosen gar nicht reindenken Und die wundern sich dann, dass immer weniger mehr wählen gehen. Wer versteht die denn überhaupt noch? Viel reden, ohne was zu sagen! Das iss doch das Politikermotto. Bloß nicht festlegen. Wer soll die gedrechselten Allgemeinplätze und all die nichtssagenden Floskeln verstehen? Also ich nicht!" Meine Rede! Will ich jetzt sagen, aber Schwiegerpapa nimmt ausnahmsweise mal keine Luft. Er redet weiter ohne Punkt und Komma. Und ich bin schließlich selten unhöflich.

„Kein Wunder, dass sich heute politische Entscheidungen mal völlig unabhängig von den Lobbyjungs an den Interessen und Auffassungen der Bessergestellten und Abgehobenen in der Gesellschaft orientieren. Genau das Gegenteil sollte aber angesagt sein: mehr für alle, also Allgemeinwohl und noch mehr für die Schwachen, die ohne Lobby. Ausgewogen und gerecht! Aber das ist wohl nur wieder so ne kindliche Vorstellung von dem, was da wirklich täglich abgeht!"


„Na, und – iss das denn wirklich alles so schlimm? Hört ihr euch eigentlich mal zu. Ihr dreht euch doch im Kreis!" hör ich mich sagen. Jawoll! Jetzt bin ich mal dran! Alle schauen mich jetzt entgeistert an. Ich zuck mit den Schultern.

„Also ich geh jetzt rüber zu Willi und trink mir en Bierchen! Gleich iss nämlich fünf! Euer ganzes Geschwafel um Politik und wer hat was zu sagen oder eben nicht das hält doch keiner mehr aus. Was bringt das denn überhaupt? Das Leben iss halt nich perfekt!"

Onkel Herbert und Schwiegerpapa blicken völlig verständnislos drein und Schwiegermama scheint Schnappatmung zu bekommen. Lieschen strahlt mich an. Will sie was sagen? Egal! Jetzt nicht, denn ich bin noch nicht fertig.

„Wisst ihr, wir hier sind doch auch nicht besser als all die anderen. Wir alle leben seit unserer Geburt in diesem Land mit diesem System. Wie die Meisten wollen wir vor allem in Ruhe und möglichst sicher und zufrieden vor uns hin leben. Wir haben unsere Arbeit und sind nicht arm! Jedenfalls noch nicht! So schlimm kann es aber gar nicht sein. Wenn das nicht so wäre, dann wären wir ja alle dauernd bei so ner Demo auf der Straße oder irgendwo in diesem komischen Netz unterwegs. Hab ich Recht? Sind wir aber nicht! Wie sagt der Paul von nebenan immer: das Leben ist lebensgefährlich und hundertprozentige Sicherheit gibt es nicht. Weder vom Staat noch von der besten und teuersten Versicherung! Tja, schade eigentlich! Gerechtigkeit gibt es übrigens auch nicht. Hat die Natur nicht so vorgesehen. Und dann all die ganzen anderen Sachen, diese Angstthemen. Wisst ihr, Klimawandel kommt vermutlich, ob wir es nun wollen oder nicht. Eben weil es schon seit Millionen von Jahren so iss! Politik hin oder her! Unsere Umwelt bleibt laut Experten ein völlig versautes Etwas. Es kommt auch immer was dazu. Behaupten zumindest Experten zu kaum messbaren Mikrogrammbereichen. In dieser Umwelt leben wir aber nun mal! Und komischer Weise seit Jahrzehnten schon recht gut. Die meisten überleben dieses Umwelt- und Katastrophengedöns relativ lange bis hin zu ihrer allseits verkündeten Altersarmut. Und daran ist die gute medizinische Versorgung mit Schuld. Ob nun zu teuer oder zu unwirtschaftlich. Man kümmert sich schon um uns! Man muss ja auch drauf achten, dass noch jemand da ist, der den ganzen Kram bezahlen kann. Also mal im Ernst: wen kümmert 's denn eigentlich wirklich? Was soll die Politik da schon großartig ändern? Und wenn sie was ändert, iss doch auch nicht ok!" Buah, so viel hab ich eigentlich noch nie an einem Sonntag und dann noch nachmittags geredet! Aber ich bin immer noch nicht ganz durch.

„Und ob Fritzchen nun in der Schule gerecht behandelt wird oder nicht. Für den ist Erwachsenwerden sowieso nur eine Falle! Wer wird denn das mit der Gerechtigkeit ändern? Auch bei den Steuern: die Armen bleiben arm und die Reichen reich. Im Grunde kann uns das aber wurscht sein. Solange es uns gut geht. Mir geht es jedenfalls gut! Und das tut es zumindest Lieschen, Fritzchen und euch allen auch! Hoff ich doch sehr! Also meckert ruhig weiter, mir geht das völlig am selbigen vorbei! Genauso wie dieser ganze Nachrichtenmüll! Hu, hu die Welt ist so fürchterlich schlecht und geht gleich unter. Vielleicht nicht die ganze Welt, aber zumindest Deutschland und Europa! Und zwar bald! Jeden Monat mindestens einmal! Stimmt aber nicht! Das passiert vermutlich erst in ein paar Milliarden Jahren, wenn sich unser gelber Stern da oben verabschiedet. Hab ich in der Kneipe gelernt, nicht im Internet oder vom Fernsehen. Bildung an der Theke! Ganz umsonst, aber ungerecht, weil nur ein völlig ausgewählter Kreis an der

Theke das mitbekommen hat! Da kann man mal sehen, was! So, Leute, das war 's von meiner Seite für heute. Ich bin dann mal eben weg!"

Rund um den Kaffeetisch schütteln alle völlig erstaunt den Kopf. Schweigen! Irr ich mich oder strahlt mich Lieschen immer noch an! Na, so was! Der Rest schaut jetzt eher verdutzt drein.

Und ich, ich bin schon auf dem Weg zum Treppenhaus. Ich brauch jetzt kein Echo! Was für ein Tag! Vor allen Dingen Nachmittag! Mal sehen, ob daraus noch was Vernünftiges werden kann. Heute Abend gibt es noch ein bisschen Fußball. Zumindest etwas! Es ist gut, wenn Alles seinen Gang geht. Der Bürokratie sei Dank! Alle Katastrophen können warten. Schließlich ist Wochenende. Alles braucht seine Ordnung. Fünf Uhr nachmittags. Willi macht auf. Für solche kleinen Dinge sollte man mehr Dankbarkeit zeigen. Finde ich jedenfalls! Auch und gerade am Sonntag! Und tschüss!

MIX

Papier | Fördert
gute Waldnutzung

FSC® C083411

Zeitfracht Medien GmbH
Ferdinand-Jühlke-Straße 7
99095 Erfurt, Deutschland
produktsicherheit@kolibri360.de